DAS STUMME TAL

Sophie Reyer, geboren 1984 in Wien, erlangte nach Abschlüssen in Komposition/Musiktheater, Szenisch Schreiben sowie dem Studium Drehbuch und Filmregie den Doktor der Philosophie in Wien. Sie hat bereits zahlreiche Theaterstücke und Romane geschrieben und gibt Lehrgänge an verschiedenen Universitäten.

Dieses Buch ist ein Roman. Er basiert jedoch auf einer wahren Begebenheit: So hat es zur geschilderten Zeit in Stumm tatsächlich einen grausigen Raubmord gegeben. Die beteiligten Figuren und insbesondere deren Handlungen sind jedoch in weiten Teilen frei erfunden.

Sophie Reyer

DAS STUMME TAL

ROMAN

emons:

Bibliografische Information der Deutschen Nationalbibliothek
Die Deutsche Nationalbibliothek verzeichnet diese Publikation in der Deutschen Nationalbibliografie; detaillierte bibliografische Daten sind im Internet über http://dnb.d-nb.de abrufbar.

Umschlagmotiv: davjan/photocase.de, Lumamarin/photocase.de
Umschlaggestaltung: Nina Schäfer
Gestaltung Innenteil: César Satz & Grafik GmbH, Köln
Druck und Bindung: CPI – Clausen & Bosse, Leck
Printed in Germany 2020
ISBN 978-3-7408-0813-6
Roman
Originalausgabe

Dieser Roman wurde vermittelt durch die
Literarische Agentur Kossack GbR, Hamburg.

Für Roland und Moritz – ihren inhaltlichen Beitrag,
ihre Begeisterung und ihre geistige Schärfe

Teil 1

Brennen

Feuer

Früher

Überall war Feuer. Es loderte.

Amelia war gerade aus dem Wald gekommen, um ihre Puppe zu holen, die sie daheim vergessen hatte, da stand der Hof in Flammen. Sie konnte eben noch einen Arm des Püppchens erhaschen, das auf der brennenden Holzbank vor der Eingangstür lag. In der Bewegung sah sie, dass der linke Ärmel der Puppe verkohlt war.

Wo war Mutter? Und wo war Theres? Und die Großmutter? Für einen Moment starrte sie in die Flammen, doch die Hitze, die ihr entgegenschlug, war unerträglich. Nahm ihr den Atem.

Amelia drückte die Puppe gegen ihre Brust und drehte sich um. Sie lief. Lief, als brennte nicht nur die Welt, in der sie aufgewachsen war, sondern auch ihre Sohlen. Ihr Kleid wehte ihr um die Füße, rutschte in die Höhe, die Gräser stachen an den Fesseln, an den Knien. Egal. Amelia musste entkommen.

Sie kannte den Weg, sie war ihn oft schon mit der Mutter gegangen. Die Mutter. Wo sie nur war?, dachte sie fiebrig, während sie hinabhastete in Richtung Tal. Dumpf, dunkel lag der Wald um sie herum. Sie spürte einen scharfen Schmerz in der Lunge, so schnell lief sie.

Wenn nur die Mutter nicht in den Flammen wär! Wenn nur die Mutter im Dorf bei den anderen wäre und in Sicherheit.

Doch Amelia wusste, dass dies nur eine Wunschvorstellung war. Sie wusste, dass es zu spät war für die Menschen, die sie liebte. Es war ein tiefes und eindringliches Erkennen, das ihr das Blut in den Adern gefrieren ließ.

Der Wald war voller Geräusche. Es schien, als kauerten bösartige Figuren, Monster und Dämonen in jeder Ecke. Amelia vermeinte, eine schattige Gestalt husche im Wald vorbei, eine Art dunkler Engel vielleicht.

Entsetzt hastete sie, barfuß inzwischen, durch die Dunkelheit den Bergweg entlang, in der Hand fest umklammert die verkohlte, noch leicht qualmende Puppe. Ein letztes Mal blickte Amelia sich um, hielt inne: Hinter ihr zeichnete sich das Glühen eines großen Feuers gegen den Himmel ab.

Fort, dachte sie und rang nach Atem. Sie lief weiter, als gelte es das Leben. Da vollzog der Fußweg eine Krümmung, und sie stolperte, rappelte sich jedoch sofort wieder hoch und rannte weiter. Durch die Wildnis, das Gestrüpp des Stummer Bergwaldes, zwischen Föhren und Kiefern hindurch. Amelia wusste, wohin. Sie musste ins Dorf. Im Dorf waren die Großen, und die Großen wussten, was zu tun war. Sie hatten Worte, hatten eine Ahnung von der Welt. Sie konnten sie in ihren Armen wiegen, sie hochheben, sie mit Milch versorgen, mit Eiern und Brot. Konnten sie weich auf Strohsäcke betten, wenn sie sie denn liebten. So lief sie. Lief und lief. Der Arm der Puppe, die sie umklammert hielt, war ausgeleiert, im Stoff begann sich ein Abdruck von Schweiß abzuzeichnen.

Mutter, dachte Amelia keuchend, Mutter.

Es war das gütigste aller Worte, das größte, einfachste und schönste.

Mutter!

Sie wiederholte das Wort im raschen Tempo ihrer Schritte, die auf dem Waldweg aufschlugen. Und wenig später, als das Dickicht des Waldes sie ausspie, dachte Amelia noch: Theres. Liebste Theres. Die großen Augen der Halbschwester, die so blau waren wie der Bergsee neben dem Hofe der Müllernagls.

Und dann: Großmutter! Großmutter mit den faltigen Händen.

Und: geliebter winziger Max.

So ging sie die Gesichter der Menschen durch, die ihr nahestanden und von denen sie nicht wusste, ob sie nun vom Feuer verzehrt wurden oder entkommen waren.

Amelia verlor sich in ihren Gedanken, während sie den Waldsaum erreichte.

Der Atem hatte zu stechen begonnen, und so verlangsamte sie ihre Schritte, ging ruhiger die grünen, baumreichen Fluren entlang in Richtung Dorf. Sie wusste, dass es nun nicht mehr weit war. Gleich würde das Weideland beginnen, dann hatte sie ihr Ziel erreicht.

Und tatsächlich, wenig später sah sie auch schon, dass das Gras hier viel kürzer gewachsen war. Die kräftigen Kräuter dufteten ihr entgegen. Sie begann wieder schneller zu laufen.

Für einen Moment schien es Amelia, als würde sie jemand verfolgen. Es knackte und knisterte in ihrem Rücken. Eine Percht am Ende? Sie erinnerte sich, was die Großmutter von diesen Wesen erzählt hatte. Dass sie gefährlich seien, wenn man ihnen zum Dreikönigstag keine Krapfen hinterließ. Amelia drehte sich um. Doch da war nichts. Es war die Angst, dachte sie. Aber gleich war sie angekommen, gleich würde alles gut werden. Oder?

Die Verhandlung

Später

»Erheben Sie sich!«

Die Worte des Hauptverwalters dröhnten durch den Saal. Das Rücken von Stühlen auf dem Boden war zu hören. Dann herrschte für einen Moment Stille.

Karl musterte die Menschen. In der ersten Reihe saßen die Angeklagten – kaum mehr als zwei Knaben, der eine hager und schwarzhaarig, der andere feist, klein und mit einem Ausdruck von Furcht im Gesicht.

Ein kurzes Raunen ging durch die wenigen anwesenden Leute. Richter Nischkauer klopfte mit dem Hammer auf den Tisch. Karl ließ den Blick weiterschweifen. Da war ein Mann mit braunem Haar und großen dunklen Augen, der neben einem Priester stand und nervös mit den Füßen wippte. Ein einfacher Bauer, wie man an dem grobschlächtigen Körperbau und dem dumpfen Ausdruck im Gesicht sehen konnte. Auch seine Hände waren breit und rau, gewohnt an harte Arbeit.

Karls Blick bewegte sich weiter – und er stutzte. Das konnte doch nicht sein! Das war die Zeugin? Das kleine Mädchen, das da an die Hand des Bauern geklammert in die Luft blickte, konnte kaum vier Jahre alt sein. Ein heller Haarkranz lag über dem engelsgleichen Gesicht, das ein wenig schien, als wäre es aus einem Botticelli-Gemälde herausgefallen. Es passte nicht in sein Bild einer bäuerlichen Atmosphäre, so wie auch der Rest nicht passte. Denn dieses Gesicht war edel, von reinen Zügen, und es trug einen Ausdruck tiefer Weisheit in den Augen. Er räusperte sich und wandte seine Aufmerksamkeit wieder dem Richter zu. Für einen Moment herrschte Stille.

Die Verhandlung schien zu beginnen.

Richter Nischkauer setzte sich umständlich auf seinen Platz, wobei sich sein Talar ein wenig aufbauschte. Karl musterte wieder das Mädchen. Es schien die Hand des Bauern gar nicht loslassen zu wollen, und auch dieser sah aus, als fühle er sich mit seinen Fingern in ihren wohler. Fast so, als würden zwei Ertrinkende sich aneinanderklammern.

Zunächst wurden die Angeklagten befragt. Die Polizeibeamten postierten sich in der Nähe des Ausgangs. Dann drang Nischkauers Stimme erneut durch den Raum, während Karl nach dem Papier griff und die Feder in das Tintenfass tauchte.

»Fuchs Georg von München«, begann Nischkauer, und wie immer klang seine Stimme machtvoll und klar, »sitzt hier wegen Raubmord im Zillertal.«

Nischkauer legte ein Tuch auf den Tisch. Der Junge erbleichte, und er begann zu stottern.

»Ja, das war bei mir, und ich habe das Tuch von der Martha. Ja. Aber das ist kein Beweis! Oder?«

Karl überlegte. Warum der Mord an vier fremden Menschen, warum auf so eine gewaltvolle Art und Weise?

Nischkauer hämmerte wieder auf den Holztisch, räusperte sich kurz, reckte dann den Hals und fuhr fort.

»Haas Alois von München, mutmaßlicher Mörder und Krimineller aus München«, sagte er und wandte sich an den größeren der Löter, der in sich selbst zusammengesunken auf seinem Stuhl hockte.

Der Junge schwieg und blickte wie paralysiert in die Luft. Karl sah keinen Lidschlag. Ihn schauderte.

»Angeblich hat man auch das Pinzgermesser bei Ihnen gefunden. Dies wurde neben dem Kopftuch bei Ihnen, Alois Haas, entdeckt.«

Für einen Moment herrschte Schweigen im Gerichtssaal. Karl ließ seinen Blick erneut umherschweifen und vermeinte, eine Spur von Anspannung im Gesicht des Bauern wahrzunehmen. Doch er war sich nicht sicher, denn seine Augen waren von der vielen Schreibarbeit schon in jungen Tagen nicht mehr die besten. Er hob die Feder für einen Moment, sah dann den

Alois Haas an. Der saß immer noch in sich zusammengesunken neben seinem gockelartig wirkenden sommersprossigen Freund und blickte ins Leere.

»Ja, ich hab das Pinzgermesser gestohlen«, sagte er schließlich.

»Ist nicht wahr!«, rief Fuchs aus, und kleine Schweißtropfen bildeten sich auf seiner Stirn, begannen rasch herunterzurinnen. Todesangst stand ihm ins Gesicht geschrieben. Er fuhr herum, seine weißen Hände zitterten, sein Kehlkopf hüpfte auf und ab in der Erregung. Er wandte sich an seinen Kumpanen. »Warum zur Hölle lügst?«, rief er aus.

Karl stutzte. Log er tatsächlich? Es sollte nicht das erste Mal sein, dass der Wille eines Angeklagten nach der Haft im Kerker gebrochen war und dieser fälschlicherweise eine Tat gestand. Er betrachtete den Richter. Nischkauer behielt die Kontrolle.

»Ich bitte um Ruhe«, sagte er. »Wir wollen sehen, was die restlichen Zeugen zu sagen haben. Hans Erl und Amelia Baumgartner aus Stumm, erheben Sie sich!«

In dem Moment stand der Bauer auf, das Mädchen ein wenig hinter sich herziehend, und stapfte mit schweren Schritten in Richtung Nischkauer. Die beiden waren ein eigenartiges Duo, genauso seltsam, ja konträr wie die beiden Löter, fand Karl. Zwei, die das Schicksal miteinander verbunden hatte. Ob sie sich sonst wohl so aneinanderklammern würden?

Das kleine Mädchen mit dem blond gelockten Kopf setzte sich auf den Stuhl neben Erl, der sie aufmunternd anblickte.

»Was ist denn da gewesen in dieser Nacht?«, wollte nun Nischkauer wissen.

Karl tauchte seine Feder wieder ins Glas. Die Spitze kratzte kurz auf dem Papier. Eine helle Stimme war im Saal zu hören, leise, vorsichtig.

»Es hat gebrennt«, tönte es.

Nischkauer nickte. »Wo hast du das gesehen?«

Artig hob das Kind den Blick und sah Erl an. »In der Küche, Herr Präsident«, antwortete es.

Schweigen. Karl merkte, wie der Bauer, der links von dem Kind saß, nervös wurde, ein wenig mit den Beinen hin und her ruckte. Das Mädchen hatte nur ihn, diesen Hans Erl, fixiert, mit leicht bebenden Lippen und einem bemüht artigen Ausdruck.

»Was ist denn da gewesen?«, fuhr Nischkauer fort.

Aus großen Augen blickte das Kind noch immer Hans Erl an, während es mit heller, aber mechanischer Stimme sagte: »Die Löter haben die Mutter verbrannt.«

Schweigen. Karl sah, wie das Mädchen die Augen schloss. Stoßweise schien sein Atem zu gehen. Doch Richter Nischkauer hatte kein Mitleid mit dem Kind.

»Hast du die Mutter früher schreien hören?«, drang er in es.

Amelia nickte und sagte, wieder nur Hans Erl anblickend: »Die Mutter hat geschrien: ›Helfts mir!‹«

Der Bauer sah zu Boden.

Kurz war es still. Doch Nischkauer fuhr unbarmherzig fort: »Was ist denn da oben auf dem Hofe gewesen?«

Wieder senkte das Kind die Lider, während es sprach: »Da haben sie die Schränke aufgemacht.«

Amelia seufzte, sie schien fest nachzudenken.

»Im Bett geblieben bin ich und habe mich unter dem Leintuch versteckt; dann bin ich eingeschlafen, bis ich Rauch gespürt habe«, sagte sie schließlich leise.

Stille. Nur Karls Schreibgeräusche waren zu hören, Feder auf Papier, ein wenig kratzend. Ihn schauderte bei dem Geräusch. Was für eine brutale Welt, dachte er.

»Was hast du dann getan?«, fragte Nischkauer weiter.

Die Lippen des Mädchens bebten kurz, dann sagte es, mit einem Mal wieder gefasst und klar: »Ein Röckchen angelegt, beim Fenster hinausgestiegen und hin zum Tale.«

»Und das ist alles?«

Amelia nickte. Nischkauer schob sich die Brille zurecht und sah langsam von einem zum anderen.

»In Ordnung«, erklärte er.

»Seltsam«, sagte Karl später zu Richter Nischkauer, »das Mädchen war noch dermaßen klein. Außerdem klangen ihre Sätze wie einstudiert. Sie kann ja kaum selbst einen sinnvollen Satz bilden. In ihrem Alter!«

Nischkauer nickte, während er das Barett abnahm, unter dem er sichtlich schwitzte. »Sie haben recht«, gab er zu und legte das Barett sorgfältig auf den Schreibtisch. »Noch nie wurde in der Geschichte des Innsbrucker Landesgerichtes ein so junger Zeuge verhört. Auch das Geständnis des Fuchs weicht leicht von den Tatsachen ab, die die Sachverständigen gefunden und ausgewertet haben. Und schauen Sie ...« Er griff nach einem Tellerchen aus Holz, das auf seinem Tisch lag. »Dies hier fand man in der Zelle der Löter.«

Karl nahm den Teller in die Hände, wog ihn kurz und drehte ihn.

»Ich bin unschuldig!«, war da in großen Lettern auf dem Boden des fein säuberlich bearbeiteten Tellers eingeritzt. Er schluckte. Nischkauer jedoch hatte sich bereits abgewandt.

Sepp

Früher

Als Amelia das Dorf erreichte, waren ihr die Tränen ausgegangen. Sie griff sich an die Wangen. Ob auch diese glühten? Ob auch sie zu Feuer geworden waren?

Wo sollte sie denn bloß hin jetzt? Sie atmete tief ein und aus. Den Weg ins Dorf allein zu beschreiten war ihr bis jetzt verboten gewesen.

»Runter gehst mir nicht ohne einen Großen, ist das klar?«, hatte die Mutter stets zu ihr gesagt, und Amelia hatte genickt. Sie erinnerte sich: Bis jetzt waren alle Wege weg von der Mutter große Überwindungen gewesen, die sie nur mit viel Mut auf sich genommen hatte. Nachts aus der Stube hinaus beispielsweise, wenn sie sich entleeren musste.

Amelia fiel es wieder ein, wie sie das erste Mal die Holztreppen vom Hof hinab und die paar Schritte weiter zu der geliebten Birke gegangen war, die in der Mitte des Hofes stand. Die Steine waren Hindernisse gewesen, der Loden hatte ihre bloßen Füße umweht, das Gras und auch die Sonne hatten gestochen. Stolz hatte Amelia damals mit ihren Fingern die Rinde berührt, die an das Gesicht der Großmutter erinnert hatte, und hatte die roten Mistkäfer beobachtet, die auf und ab krochen. Sie hatten schwarze Punkte gehabt, und es war Amelia vorgekommen, als ob es sie in tausendfacher Ausfertigung gab. Immer wieder hatte sie zugedrückt, doch es hatte nichts geholfen, die Käfer waren mehr und mehr geworden, egal, wie viele sie auch von der Rinde gelöst hatte.

Aber das war damals gewesen. Und weit weg. Dazwischen war Feuer gewesen und sie ohne Begleitung gelaufen. Den ganzen Weg alleine in das Dorf hinunter. Amelia begriff nicht, und doch begriff etwas in ihr, dass ihr jetzt nur die Puppe blieb, die halb zerfressen von den Flammen in ihren Händen hing, durchgeschwitzt, ausgeleiert.

Amelia atmete schwer. In der Mitte des Dorfplatzes blieb sie schließlich stehen, denn alle Kraft schien sie zu verlassen. Sie setzte sich auf den Boden und zog die Beine an den Bauch. Da begegnete ihr Blick einem bekannten, vertrauten Menschen. Amelia lächelte. Es war der Sepp, den manche auch »Depp« nannten. Sepp war allen als Dorfidiot bekannt. Man munkelte, er sei über einem seiner Bücher verrückt geworden, einfach so. Sepp sprach hin und wieder in seltsamen, für Amelia unverständlichen Sätzen. Jetzt ruhte er, den schwarzen Haarschopf auf die Unterarme gebettet, neben einer Pferdetränke. Wie friedlich er dalag. Wie sanft sich sein Brustkorb hob und senkte. Mit einem Mal konnte Amelia nicht mehr an sich halten und brach in Schluchzen aus. Die Traurigkeit rüttelte nur so an ihr. Sie durchzuckte ihren kleinen Körper in an- und abklingenden Wellen. Irgendwann wachte Sepp von ihrem Schluchzen auf. Er stand auf und ging rasch zu ihr.

»Amelia!«, rief er. »Amelia!«

Doch das Mädchen klammerte sich nur verzweifelt an seine eigenen Beine.

Da begann Sepp das zu tun, was er immer tat, wenn ihn etwas bedrückte: Er wippte mit dem Oberkörper sprunghaft hin und her und fing an, Worte auszustoßen, in einem langen und rastlosen, hastigen Schwall. »Am Anfang, da war er wie der Wind. Flog mit Papa in der Hand als Sohn, getragen vom Geist. Wir sprachen. Wir waren eins mit der Sprache, in der wir sprachen. Wir lagen beim Wort.«

Amelia sah ihn aus verheulten Augen an. Sepp setzte sich neben sie und zog seinerseits die Beine an den Bauch.

»Weißt du, Amelia, einer, der wurde von einem Wal verschluckt, jedoch lebte er weiter. Im Bauch des Tieres. Ja, glaub mir. Der Wal spuckte ihn wieder aus irgendwann. Hab keine Angst. Nichts ist ewig. Und nichts geht verloren.«

Amelia sah ihn an. Wie wirr und doch weise er sprach!

»Es hat … gebrennt!«, stotterte sie, doch Sepp fuhr fort:

»Man wird geboren, man stirbt. Bröckelt wieder in den Schoß der Erde hinein. So wird man zum Stein, zur Pflanze, zum Tier, zum Menschen. Wird gefressen vom Boden, wächst als Blume und Gras, wird verzehrt vom Tier, geht ins Tier ein, erfriert, sedimentiert, verkalkt, wird alt, wird neu, lernt zu sein. Stein, Pflanze, Tier, Mensch und zurück, die Wege sind verschieden. Die Liebe allein ist ewig.«

Amelia verstand nicht. Doch sie blickte auf. Blickte den schmalen Mann an und rückte nahe an ihn heran, begann, sich seinen Wippbewegungen anzuschließen. Mit einem Mal schien alles um sie herum ruhiger zu werden. Sie spürte, wie sich ein wohliges Gefühl in ihrer Bauchnabelgegend ausbreitete.

»Man möchte zerspringen«, sprach Sepp weiter, ohne sie anzusehen, »man möchte die Zeit sprengen, aber man bleibt immer nur in diesem Kreislauf, es tut weh, geht weiter. Fühlt sich gar nicht so schlecht an. Fühlt sich sehr schlecht an. Ist unsicher. Tut wieder weh. Jeder muss ein Tier werden, bevor er ein Mensch wird. Zuerst ist er Stein, dann Pflanze. Alles geschieht, damit man danach ein ganzer Mensch sein kann. Um sich still zum Wort zu legen, wenn es Nacht wird. So geht nichts verloren. Wir gehen durch alle Gefühle, weißt, Amelia?«

Amelia verstand nichts von dem, was der Sepp redete. Aber nach all den Bildern, die ihr im Kopf umherspukten, waren seine Sätze beruhigend, die Worte wie Halteseile, die sie an den Tag banden, der so verstörend begonnen hatte. Ihr Atem ging weniger ruckartig, sie umschlang ihre Beine erneut und bewegte sich auf und ab, jedoch langsamer und als wäre sie ein Engel, der Flügelchen an den Schultern hatte, deren Gewicht ihn nach hinten zog.

Nach einer Weile wachten die Leute des Dorfes auf und kamen verschlafen aus ihren Häusern. Stimmen drangen an Amelias Ohren, noch bevor sie sich umdrehen konnte.

»Nervt der Depp dich schon wieder?«, fragte die eine Stimme.

Amelia wollte etwas erwidern, doch sie war nicht schnell genug. Zwei Männer stießen Sepp brutal beiseite.

»Was hast wieder angestellt, Sepp?«, fragten sie.

Doch Sepp schüttelte nur den Kopf und begann seinerseits, seinen Oberkörper immer intensiver vor- und zurückzuwiegen.

Ein Tumult war entstanden. Immer mehr Menschen stoben aus ihren Stuben, viele noch im Nachtgewand. Im Gerangel um Sepp wiederholte Amelia immer wieder: »Es hat gebrennt, es hat gebrennt! Die Mutter liegt im Feuer und die Großmutter auch. Die Theres ist erschlagen. Max hat geweint, da wurde er auch erschlagen!«

Aber niemand beachtete sie.

Die Reise

Danach

Es ist Sommer. Einer jener Sommer im Jahre 1920, in dem eine Schwere sich auf die Landschaft senkt. Amelia atmet schwer. Es ist ein Sommer, um Abschied zu nehmen. Eben hat der Bote ihr die Nachricht überbracht, dass Anna gestorben sei.

Der arme Vater, denkt sie, er war immer so verloren gewesen ohne die einfache, weiche Anna mit den dunklen Augen und dem hellen Gemüt. Ob er noch griesgrämiger würde, noch öfter still vor dem Hof sitzen und an seiner Pfeife ziehen würde? Amelia seufzt, während sie ihren Koffer zur Kutsche trägt. Die Kutsche würde sie direkt zum Zug bringen. Amelia erinnert sich dunkel, wie sie als kleines Kind das erste Mal in die Stadt gefahren ist. Wie besonders es gewesen ist. Und sie erinnert sich an die vorbeisausenden Landschaftsbilder, das Tempo, den Geruch. Wie ihr Körper durchgerüttelt wurde, immer wieder. Sie hat gelacht, ihre Freude gehabt. Auch wenn der Anlass eigentlich kein besonders angenehmer war, damals, als sie zum ersten Mal in die Stadt gefahren ist. Aber Näheres weiß Amelia auch schon nicht mehr darüber, sie muss noch klein gewesen sein.

»Amelia Erl?«, fragt der Kutscher und schält seine Hände aus den Handschuhen.

»Ja.«

»Stets zu Diensten«, ertönt es als Antwort.

Amelia nickt und reicht ihm kurz die Hand, die er ergreift, um gleich danach nach ihrem Gepäck zu sehen.

»Schwer ist Ihr Koffer aber nicht«, sagt der Kutscher, während er Amelias Hab und Gut in den Wagen hievt.

»Nun ja«, entgegnet sie und schiebt sich eine der hellen Strähnen hinter das linke Ohr, »die Kochschürze hab ich fein hiergelassen.«

Der Kutscher lacht und hält ihr die Tür auf. Amelia senkt den Blick und steigt ein. Ein wenig kribbelig ist ihr nun doch zumute und heiß an den Wangen und in den Handtellern. Kaum spürt sie, wie die Kutsche sich in Bewegung setzt, kaum hört sie das Geräusch vorbeitrabender Pferde.

Dann sind sie am Bahnhof angekommen, und Amelia steigt von der Kutsche. Sie nickt dem Kutscher zu, bezahlt ihn mit einem ihrer letzten Scheine und trägt den Koffer mit vorsichtigen Schritten an die Gleise. Dort muss sie für kurze Zeit den Blick beschirmen. Die Sonne scheint hell vom Himmel und sticht ihr in den Augen. Mit klopfendem Herzen erwartet Amelia die Ankunft des Zuges. Es pocht ein wenig in ihrem Kopf. Beim lauten Tuten der Lok zuckt sie zusammen. Ist sie überspannt? Jeder hat mit dem Verlust ihrer Ziehmutter gerechnet, der Schock kann es nicht sein, denkt sie und schließt für einen Moment die Augen. Es flackert hinter den Lidern. Kurz hat sie das Gefühl, niederzusinken.

Da ist ein Bild vor ihren Augen. Es lodert. Feuer? Amelia reißt die Augen wieder auf. Die Lok ist zum Halten gekommen.

Ob es am gestrigen Abend liegt? Es ist spät geworden in der Oper. Und die Stimmen, die Bilder haben Amelia lange Zeit noch beschäftigt. Sie haben sich Richard Strauss' »Salome« angesehen, die Schwarzenbergs und sie. Zugegeben, denkt Amelia, was versteht sie schon von diesen großen Stoffen, sie als Köchin, sie, ein einfaches Landmädchen? Kein Wunder also, dass der Abend ihr zu viel gewesen ist.

Schwarzenberg hatte sie mitgenommen, er kümmert sich immer rührend um seine Bediensteten. Sie sollten auch etwas sehen von der Welt. Doch das Stück hat Amelia nicht nur begeistert, sondern auch verstört. Obwohl sie bereits über dreißig ist, weiß sie wenig bis nichts von der Liebe. Zumindest nichts von einer, die auf diese Art und Weise in einem Weibe zu lodern scheint, wie das bei der Figur Salome der Fall war. Lodern, bei dem Wort bleibt Amelia hängen. Sie schließt die Augen ein weiteres Mal. Es flackert wieder vor ihrem Blick.

»Sind Sie in Ordnung?«, ertönt eine Stimme.

Amelia dreht sich um und blickt in ein freundliches Gesicht. Es ist der Kutscher, der ihr gefolgt ist – offenbar hat er gemerkt, dass sie sich nicht besonders gut fühlt – und sie nun mit besorgter Miene ansieht. Sie lächelt.

»Ja«, antwortet sie matt, »nur der Kreislauf. Sorgen Sie sich nicht.«

»Sind Sie sicher?«, fragt der Mann.

»Aber ja, machen Sie sich keine Mühe!«

Amelia schließt noch einmal kurz die Augen und streift dann die hellen Schatten, die ihr eben in die Wahrnehmung gestochen haben, weg, streift sie aus ihrem Kopf heraus, so gut sie kann.

»Nun, dann kann die Reise losgehen«, sagt der Kutscher und öffnet galant die Waggontür.

Amelia seufzt. Zeit, wieder nach Hause zu kommen, denkt sie. Hans Erl würde sich freuen, sie wieder in die Arme zu schließen. Vor allem jetzt, da seine liebste Anna tot ist.

Amelia lächelt dem Mann zu.

»Was schulde ich Ihnen, da Sie mir so sorgenvoll gefolgt sind?«, fragt sie.

Der Kutscher winkt ab. »Ich bitte Sie, gnädige Frau«, sagt er freundlich und sieht zu Boden.

Amelia denkt für einen Moment nach, ob sie ihn lieben könnte. Was das wohl ist, Liebe, also diese Liebe zwischen Mann und Frau. Hans Erl jedenfalls, ihr Ziehvater, hat Anna, ihre Ziehmutter, geliebt, das weiß Amelia.

»Sind Sie sicher, dass Sie kein Trinkgeld annehmen wollen?«, fragt sie den Kutscher erneut. Dieser lächelt und wird ein wenig rot.

»Ja.«

»Dann danke ich Ihnen«, sagt Amelia, fasst sich ein Herz und steigt in die Bahn.

Der Erlkönig

Früher

»Der Erlkönig! *Wer reitet so spät durch Nacht und Wind?*«, rief Sepp plötzlich aus.

Ob er ihn hatte kommen hören? Geritten war der Bauer jedenfalls nicht. Er ging mit schweren Schritten auf die Menge zu. Rußverschmiert war sein Gesicht, die Stirn zwischen den Augen wurde von einer riesigen Falte gekerbt. Ruppig zog er die Leute auseinander, die sich nach einiger Zeit nun doch um die weinende Amelia und den Idioten versammelt hatten und versuchten, den beiden gut zuzureden.

»Lasst mich durch!«, schrie er, und seine breiten Hände griffen brutal zu, brutaler, als es seine Art war. In seinem Blick lag etwas Stummes, etwas, das an eine erloschene Flamme erinnerte. Stumm, so hieß auch das Dorf, in dem sie sich befanden. Und stumm waren die Leut auch, wenn es darum ging, Dinge beim Namen zu nennen. Alle bis auf einen. Doch der war ein Idiot.

»Das Baumgartnerhaus steht in Flammen, lasst mich durch!«, rief der Bauer indes.

Er schob die alte Magda vom Gerberhaus brüsk zur Seite und kämpfte sich an einer Reihe von Ministranten zu Amelia durch.

Immer noch saß sie, beide Beine fest an den Bauch gezogen, da und blickte jetzt Hans Erl aus großen Augen an, in denen das gleiche stumme Entsetzen lag wie in seinem Blick. War es der Schock, in dem die beiden einander erkannten?

»Amelia!«, sagte Erl.

Schweigend sah das Mädchen ihn an.

»Bist stumm, Kind?«

Er bückte sich mit leicht bebender Unterlippe und nahm sie schützend auf den Arm.

»Komm, meine Kleine, alles gut, alles gut«, wisperte er in das lange gelockte Haar des Mädchens, das nach Ruß und Verzweiflung roch. Aber da war noch ein anderer Geruch: der eines Kindes. Er stimmte Erl milder. Sein Atem beruhigte sich. Und so richtete er sich auf und sprach sanfter zu den Männern des Dorfes: »Stellt einen Löschtrupp zusammen und lauft los! Das Baumgartnerhaus brennt.«

»Was? Ja wie?«

»Nun fragt nicht. Eilt. Ich komm gleich nach!«

Die Ministranten und drei weitere Knaben, einer aus dem Naglerhaus und zwei aus dem Birberhaus, setzten sich sogleich in Bewegung, gefolgt von zwei Knechten und der alten Kathl, die wie schlafwandlerisch hinter ihnen hertorkelte.

Für einen Moment stand Erl nur schwer atmend da und blickte, immer noch fassungslos, in die leeren, weit aufgerissenen Augen des Mädchens. Da ergriff Sepp das Wort.

»Was ist schwer zu verbergen? Das Feuer! Denn bei Tage verrät's der Rauch, bei Nacht die Flamme, das Ungeheuer«, rief er und erhob sich, ohne mit den Wippbewegungen seines Oberkörpers innezuhalten.

»Schweige er!«, herrschte Erl ihn an.

Sepp aber sah nur auf den Boden, als er an dem Bauern vorbeistreifte.

Erl beschoss, ihn zu ignorieren. Was war es schon anderes als Worte, die der Idiot unter die Menschen streute, Worte ohne Zusammenhang oder Gehalt, die er irgendwo aufgeschnappt und gesammelt hatte und die nun sein wirres Hirn durchzuckten. Zugegeben, früher, da musste er klug gewesen sein. Als ganz junger Mann. Da hatte er viel gelesen. Aber dann war er in eine Art Wahn verfallen und völlig versandet.

Langsam verschwand der Dorfidiot, jedoch in die entgegengesetzte Richtung wie der Rest der Gemeinde, die sich zum brennenden Hof aufmachte, die Schultern hochgezogen. Von hinten war er nur noch eine wackelnde, zarte, in sich selbst hineingebeugte Gestalt, für die es niemals Hoffnung geben würde.

Hans Erl seufzte. Dann aber sah er wiederum in die Augen des Mädchens. Amelias Unterlippe bebte, während der Blick keinen regelmäßigen Lidschlag aufwies.

»Kind, komm zu dir!«, wisperte Erl und rüttelte sie ein wenig.

Doch das Mädchen sah ihn nicht an.

»Mutter tot«, sagte Amelia, die offenbar nach Worten suchte. Und: »Blut, brennen.«

Das war alles.

Totenglocken

Früher

Kurz darauf eilte Pfarrer Simon in die kleine Dorfkirche. Die Glocken läuteten. Der Klang schallte über den Marktplatz, drang in die Luft ein, setzte sich fort, fort in die Höhen, drang durch die grünen, baumumwucherten Fluren, stieg weiter hinauf und breitete sich übers Weideland hinweg aus.

»Es brennt, es brennt! Rasch, hinauf zum Baumgartnerhaus!«

Ob der Ruf gemeinsam mit dem Läuten da oben ankommen würde, bei dem Haus, das wie verrückt loderte?, fragte sich Amelia, als sie von Erl in die Kirche getragen wurde.

Die starken Hände der Mutter fielen ihr ein, wie sie den Brotteig geknetet hatten, wie sie die Laibe in den Ofen geschoben hatten, weiche, schützende Hände. Sie, Amelia, hatte das Brot dann mit den kräftig duftenden Bergkräutern gewürzt. Auch Hans Erls Hände waren stark, noch kerbiger und auf gewisse Art und Weise kompakter als die der Mutter.

»Ich bring dich unters Dach«, murmelte Erl.

Sie betraten die Kirche. Bei einer anderen Gelegenheit hätte Amelia beim Anblick der Kuppel die Augen weit aufgerissen und begeistert gestaunt, sich gefreut an dem bunten Schimmern, das durch die Mosaikflächen der Kirchenfenster drang. Sie kannte die Dorfkirche, und doch war sie immer wieder beglückt über die Farben der Glasfenster.

Vor dem Kruzifix mit dem heiligen toten Jesulein hätte Amelia in allen anderen Fällen ihren Rücken gebeugt und zwei Ave-Maria gebetet, innerlich, wie die Mutter ihr das beigebracht hatte. Aber heute war nicht der Tag, um zu staunen. Etwas hatte die Gegenwart eingehüllt. Alles war dumpf, und es schien, als bewegte sie sich unter Wasser.

»Ich muss zum Priester, warte hier«, sagte der Bauer.

Er setzte sie ab und eilte auf Pfarrer Simon zu, der dem Diakon befohlen hatte, die Glocken zu läuten.

»Sie sind unterwegs«, sagte Erl.

Simon nickte.

Es tönte laut und dröhnend über Stumm.

»Was für ein Wahnsinn«, wisperte der Dorfpriester.

Während ein Teil der Männer sich aufmachte, den Brand zu löschen, versammelten sich nach und nach die Mitglieder der Gemeinde in der Kirche. Die Schritte hallten, das Schiff begann sich zu füllen. Ein Leichtes für ein Kind, zu entwischen. Erl, der so damit beschäftigt war, Simon vom Ernst der Lage zu unterrichten, merkte zunächst nicht, wie das Mädchen hinter einem der Schreine verschwand und sich klein machte, so klein, wie sie es schon auf dem Dorfplatz neben dem schlafenden Sepp getan hatte.

Wie viel heute geschehen war!, dachte Amelia. Von Sepp hatte sie eben das Wiegen gelernt, die Macht über den eigenen Körper, die Möglichkeit, sich selbst zu schaukeln. Das würde sie in Zukunft noch oft anwenden müssen. Denn die Reste der Mutter lagen in einem brennenden Haus, und für sie würde es keine Wiederkehr geben. Sie spürte, dass die Kunst des Wiegens das Einzige war, was sie angesichts dieser Katastrophe noch retten konnte. Und was passte besser zum Sich-Wiegen als das Summen? Ihr fiel auf einmal eine Melodie ein.

»Still, still, still«, summte Amelia in sich hinein.

Es war ein Lied, das die Mutter ihr vorgesungen hatte – und nicht nur ihr, auch der Schwester und eben noch dem kleinen Max, der noch nichts gekonnt hatte, nicht einmal die Augen öffnen, der ein Würmchen gewesen war, das Amelia insgeheim ein wenig beneidet hatte. Sie spürte, wie die Töne ihre Tränen zurückholten, wie sie aber gleichzeitig auch halfen, das Stumpfe um sie herum wegzuschieben. Das Gefühl der Taubheit wurde weniger.

»Still, still, still«, sang sie leise.

Amelia merkte, wie sie müde wurde. Sie lehnte den Kopf gegen die kalte Kirchenwand und zog die Beine noch etwas fester an den Bauch. Ein wenig spielte sie mit ihrem Rocksaum, doch sogar das strengte sie an. Sie merkte, wie starr ihr Blick die ganze Zeit über gewesen war. Jetzt schloss sie die Augen und erinnerte sich: an das Gesicht der Mutter. An die stinkenden Käfer, die die Rinde des Baumes vorm Haus entlanggekrochen waren. An das beruhigende, kitzelnde Gefühl frischer Gräser an den Sohlen. Dazwischen schoben sich immer wieder Bilder von Feuer, Qualm und Ruß. Und dann immer wieder: Schwärze.

Annas Liebe

Früher

»Feuer!«, schallte es währenddessen weiterhin über den Dorfplatz. »Das Baumgartnerhaus brennt, das Baumgartnerhaus!«

Aufgeregt eilten einige Menschen durch die Gassen. Auch Anna verließ schnellen Schrittes das Haus, um zu sehen, was geschehen war.

Sie wusste, dass das Baumgartnerhaus von jeher eines war, über das man nicht gerne sprach.

»Die Hexe da oben«, sagte manchmal Pfarrer Simon, wenn nur bestimmte Leute aus dem Dorfe ihn hörten. Und damit meinte er Martha Baumgartner und ihren Lebenswandel. Man munkelte, dass jedes ihrer drei Kinder von einem anderen Mann stamme. Aber Anna störte das nicht. Sie hatte bei allen dreien gern mitgeholfen, sie aus Marthas blühendem Leibe zu holen. Anna war Hebamme. Ihre Hände führten und brachten Leben zur Welt. Und jedes der Kinder war ein Segen gewesen. Für den Wald, das Baumgartnerhaus, das Leben. Wie also konnte Martha eine Hexe sein? Und worum ging es denn schon, wenn nicht darum, neues Leben zu hüten?

Anna selbst war nie schwanger geworden, und so freute und rührte es sie umso mehr, wenn sie Frauen helfen konnte, ihre Leibesfrucht unter möglichst geringen Schmerzen und Mühen zur Welt zu bringen. Zu hören, dass das Haus brannte, tat Anna im Herzen weh. Auch wenn sie die Blicke kannte, mit denen ihr Mann Hans Erl der Baumgartner Martha immer nachgesehen hatte. Ihr, der Schönen, ihr, der immer Freien und Leichten, ihr mit dem hellen Haar und den Sommersprossen auf der Nase, die immer wenn es wärmer wurde, an Farbe und Kontur gewannen. Ihr, deren Gestalt einem Engel oder einem Waldwesen glich, das schwebend war wie der Wind und nicht traurig oder verzweifelt sein konnte ob seiner spielerischen Leichtigkeit.

Anna seufzte. Jeder war anders, dachte sie einfältig, während sie über den Kirchweg lief, um möglichst bald ihren Erl in die Arme zu schließen. Nur Gott wusste, dass es nichts half, werden zu wollen wie die anderen. Den meisten Menschen war diese Großmut nicht gegönnt. Nicht einmal der Priester besaß sie. So würden auch viele andere Leute des Dorfes sich das Maul zerreißen über das eben vorgefallene Unglück, ahnte Anna, und sie spürte ein Ziehen im Bauch.

Auf dem Weg schnappte sie auch sogleich einige Gesprächsfetzen auf.

Anna lauschte ein wenig, obwohl das eigentlich nicht ihre Art war.

Man sprach davon, dass die Löscharbeiten in vollem Gange seien. Jemand habe einen grausamen Mord an der Baumgartner Martha, ihrer Mutter und zweien ihrer Kinder verübt. Nur das kleinere Mädchen, das alle immer »Engelchen« nannten, da sein Haar in hellblonden Locken fiel, hatte angeblich fliehen können.

»Sie hockte vorhin am Brunnen und war verstört«, tratschte die Magd.

»Herrje!«, rief die alte Magda aus, doch es klang nicht so, als würde sie das Kind bedauern, vielmehr hatte sie offenbar einen schauderhaften Gefallen am Leid der Kleinen.

Anna hoffte, dass das alles nicht wahr sei. Schon jetzt spürte sie eine erschütternde, überströmende Liebe für das kleine Mädchen in ihrer Brust brennen, so stark, dass es wehtat. Sie brannte tiefer und zaghafter, verletzlicher und stärker als das Feuer, das man eben im Baumgartnerhaus gelöscht hatte.

Wie schlimm es dort oben tatsächlich zugegangen war, konnte Anna nicht ahnen.

Das Begräbnis

Danach

Seltsam, denkt Amelia, während sie den Grabstein betrachtet. Da liegen sie also alle in dieser kalten Erde drin. Und nun auch sie. Ihre Ziehmutter. Anna. Amelia steht Hand in Hand mit ihrem Ziehvater Erl am Grab und blickt ins Leere.

Wiesenblümchen. Etwas Vertrautes zwischen Erl und ihr.

»Nicht einmal ihr liebstes Leibgewand hat man ihr anziehen können«, murmelt Erl, »weil es kurz davor kaputtgegangen war.«

Er hat recht, denkt Amelia traurig.

»Ihren grünen Rock mit Unterzug«, sie nickt, »den hat sie so geliebt.«

Lange schweigen sie beide. Längst ist die Gemeinde verschwunden, nur Amelia und Erl sind noch am Grab, betrachten den schlichten Stein und die Gräser, die sich vereinzelt im Wind wiegen, und jeder hängt seinen Gedanken nach.

Mein Leben also, sagt sich Amelia, das soll es sein. Soll es das gewesen sein? Sie versucht sich im Kopf Eckpfeiler zu setzen. Dinge, die sie weiß, die ihr Sicherheit geben:

Geboren wurde sie im Jahre 1886 in Tirol. Ihre Mutter Martha Baumgartner bewirtschaftete damals eine Gaststätte in der Nähe von Stumm im Zillertal. Ihren Vater hat Amelia nie kennengelernt. Früher, viel früher aber, da hat es auch eine Schwester gegeben, die auf den Namen Therese hörte. Sie sei etliche Jahre älter als Amelia gewesen. Als Amelia ein wenig herangewachsen war, so erzählte man ihr, kam ihr jüngerer Bruder Max zur Welt. Außerdem mag noch die Großmutter auf dem Hof gelebt haben. Aber Amelia hat keine Erinnerung an diese Menschen. Sie alle sind gestorben, als sie noch klein war, und aus der Zeit davor hat sie keine Bilder mehr im Kopf.

Dann kamen zum Glück Erl und Anna in ihr Leben, die beiden guten Engel aus dem Dorf, die sich ihrer annahmen. Amelia nannte sie fortan Vater und Mutter.

Mit neunzehn dann hat Amelia eine Hauswirtschaftsschule in Innsbruck besucht und nach dem Abschluss drei Jahre lang als Hilfsköchin in einem Hotel gearbeitet. Danach ist sie nach Wien gezogen und hat die Stelle bei den Schwarzenbergs angetreten. Damals war sie vierundzwanzig Jahre alt.

Amelia sieht das Grab an. Mehr, wird ihr bewusst, gibt es über sie und ihr Leben nicht zu erzählen. Sie hat nie geliebt, nie einen Mann gefunden, ihre Tage waren und sind bescheiden. Sie liebt es jedoch, Teig zu kneten oder die Tischdeckchen bei den Schwarzenbergs mit den Fingerkuppen glatt zu streichen, hin und wieder frische Blumen auf den Tisch zu stellen. Manchmal summt sie, wenn sie backt oder Zwiebeln schneidet, ja sogar wenn sie Fleisch klopft, ein altes Lied.

Amelia weiß selbst nicht mehr genau, woher sie es kennt. »Still, still, still, weil 's Kindlein schlafen will«.

Und das scheint es also gewesen zu sein. Oder vielmehr: Das scheint es zu sein. Ihr, Amelias, Leben. Eine Folge von frühen Verlusten, einer tiefen Liebe zu ihren Zieheltern, einem bescheidenen Beruf und dem Sein bei den Schwarzenbergs.

Amelia seufzt und wendet den Blick zur Seite. Erl steht neben ihr. Woran er wohl denkt? Es muss eine große Liebe gewesen sein zwischen ihm und Anna, eine Liebe, die sie wohl nur schwer nachvollziehen kann. Sie betrachtet den Vater, der in den letzten Jahren mehr und mehr in sich zusammengefallen ist. Früher war Erl ein nicht allzu großer, aber stattlicher Mann, nun ist er ein winziges Männlein mit großen braunen Augen, aus denen heraus er sie traurig ansieht.

Amelia lächelt bemüht. Dann blickt sie seine Hände an. Erls Hände waren von jeher alt gewesen, die Hände eines Bauern eben. Auch ihre Hände würden sich bald verbraucht haben. Sie würde hin und wieder mit den Schwarzenbergs in Opern gehen, die sie verstören würden, und den Rest ihrer Tage damit zubringen, Wasser in Töpfen zu erhitzen. Das ist also alles, denkt Amelia erneut. Kann das alles gewesen sein? Sie schließt die Augen und öffnet sie wieder. Da durchfährt es sie abermals, das gleiche Bild, das sie auch am Bahnhof heimgesucht hat: ein seltsames Flackern vor ihrem Blick, eine Art Feuer. Amelia atmet tief ein und aus und versucht sich zu beruhigen. Die Reise vielleicht, denkt sie.

»Glaubst du an das Fegefeuer?«, fragt sie Erl, während sie versucht, die inneren Feuerbilder wegzuschieben. Es klingt, als spräche sie zu sich selbst.

Bei dem Wort »Feuer« zuckt Erl kurz auf.

»Ans Fegefeuer? Wie kommst du denn darauf?«

»Ich weiß nicht«, murmelt Amelia.

Erl sieht sie für einen Moment an. Dann schüttelt er den Kopf. »Nein«, meint er. »Du, mein Kind?«

Amelia zuckt mit den Schultern und möchte etwas entgegnen, doch plötzlich huscht hinter ihnen ein Schatten vorbei, den sie zunächst nur aus den Augenwinkeln wahrnimmt. Amelia dreht sich ruckartig um.

»Was ist das?«, fragt sie.

Erl, dessen Blick der Bewegung gefolgt ist, sagt indes nur: »Ach, nur der verrückte Sepp.«

Amelia seufzt und merkt, wie sie unweigerlich ein Gefühl der Erleichterung durchströmt. Ist er also noch immer am Leben, der gute Sepp!

Sie weiß selbst nicht, warum, doch seit ihrer Kindheit verbindet sie ein eigentümliches Gefühl des Einverständnisses mit dem Dorfidioten. Erstaunlich, dass er es geschafft hat, diese vielen Jahre in Stumm auszuharren. Früher einmal, als ganz junger Mann, muss er sehr klug gewesen sein, doch dann ist er wohl vom vielen Lesen in eine Art Wahnsinn gekippt. Sepp ist nicht dumm, weiß Amelia, im Gegenteil. Er kann Texte auswendig zitieren, die sie selbst kaum zu lesen fähig ist. Aber etwas in seiner Art, mit Menschen umzugehen, ist verschoben. Amelia hat von Schwarzenberg gehört, dass es bei ihnen in der

Stadt neuerdings einen Nervendoktor gebe. Ob Sepp einfach nervenkrank ist?

Sie blickt zur Seite. Das Licht kommt ihr seltsam grell vor, sodass sie die Hand wieder ein Stück weit vor die Augen schieben muss, um gut sehen zu können.

»Amelia?«

Alles erscheint ihr laut und nahe, das Gezirpe der Vögel, das Rauschen der Bäume, und auch die Zartheit der Wiesenblümchen kommt ihr mit einem Mal falsch und verlogen vor, zu scharf, zu intensiv.

»Amelia!«

Erls Stimme reißt sie jedoch wieder in die Dichtigkeit des Moments hinein.

»Ich habe mit dir gesprochen«, sagt der Vater lächelnd, und Amelia sieht ihn liebevoll an und nimmt seine Hand.

Es ist keine Zeit, Trübsal zu blasen oder nachdenklich zu werden, sagt sie sich. Es gilt, den alten Mann zu beschützen, ihm zurückzugeben, was er ihr gegeben hat: eine Stütze, Liebe, eine helfende Hand. Denn Erl ist alt und hat die Liebe seines Lebens verloren.

»Wollen wir heimwandern, Vater?«, fragt Amelia, während sie zart nach seiner Schulter greift.

Er nickt.

»Wann fährst du wieder in die Stadt?«, will er wissen.

»Die Schwarzenbergs haben mir freigegeben«, erklärt Amelia.

»Das ist aber gütig von ihnen«, sagt Erl, doch es klingt abwesend.

Schweigend schreiten sie den Weg entlang, den Amelia wohl Tausende Male gegangen sein muss in ihrer Kindheit. Wie eng und klein ihr alles erscheint; jetzt, da sie in der Stadt lebt, fällt es ihr auf.

»Wie ist es dir ergangen seit Weihnachten?«, fragt Amelia nach einiger Zeit des Gehens.

Erl zuckt mit den Schultern. Nun, denkt Amelia, geredet

hat er ja nie wirklich gerne. Während sie weiterwandern, erinnert sie sich, dass sie immer geträumt hatte, der Wald sei von magischen Wesen bewohnt. Wie groß, vollkommen und mächtig er in der Kindheit gewesen ist. Wie alles zum Leben erwachte, die Bäume, die Blätter, sogar der Wind hatte damals ein Gesicht. Der Weg wird steiler, und Erl beginnt ein wenig zu keuchen.

»Magst du rasten?«, fragt Amelia sanft.

»Geh wo!«, entgegnet Erl.

Dieser Sturkopf! Amelia spürt eine zärtliche Liebe in sich aufflammen.

»Ich bitt dich«, sagt sie einfach.

»Es geht schon«, winkt Hans Erl ab.

Aber Amelia hat verstanden. Sie bleibt stehen und bietet Erl ihren Arm an, der ihn auch sofort dankbar ergreift, und gemeinsam schlendern sie durch die warme Sommerluft zum Erlhaus, in dem Amelia ihre Kindheit zurückgelassen hat wie einen alten Rock.

»Was soll ich heut kochen?«, fragt Amelia, einen bemüht vergnügten, leichten Ton anstimmend.

»Ach, gleich ist's«, entgegnet Erl und streicht ihr für einen kurzen Moment über die blasse Wange. »Hauptsache, du bist da, mein Kind.«

Amelia lächelt und berührt kurz seinen Arm. »Hauptsache, du bist da«, entgegnet sie mit einem wahrhaftigen Unterton in der Stimme. Sie merkt, wie ihre Augen feucht werden. Anna wird fehlen, denkt sie. Ihr Tod hat einen Riss in Erls und ihrem Leben hinterlassen, der sich nicht schließen lassen wird.

Schweigend wandern sie weiter, als sich ihnen Schritte nähern. Anna merkt, dass ihr ein wenig mulmig wird. Vielleicht der Wald, die herannahende Dämmerung, sie kann es nicht sagen. In dem Moment taucht ein Mann vor ihnen auf, den sie im diesigen Licht nicht gut erkennen kann.

»Guten Abend«, tönt es.

»Abend«, sagt Hans Erl.

Der Mann bleibt stehen. »Sagen Sie, wie erreiche ich denn die Morscherhütte?«, möchte er wissen.

Erl und Amelia halten inne, während Hans Erl für einen Augenblick überlegt. Stille. Jetzt gelingt es Amelia, zwischen den Schatten des herannahenden Abends ein freundliches Gesicht auszumachen. Der Mann mag an die fünfzig sein, hat leichte Falten um die Augen, die dem Ausdruck etwas Gütiges und Sanftes geben. Auf gewisse Art und Weise kommt er ihr vertraut vor.

»So spät noch eine Wanderung?« Erl deutet mit dem Arm Richtung Norden. Ohne die Antwort abzuwarten, sagt er: »Halten Sie sich rechts. Nach etwa zehn Minuten erreichen Sie eine Quelle, der folgen Sie bis zu einer Lichtung. Dort, rechter Hand, finden Sie die Hütte.« Er wirkt ein wenig grimmig.

Hans Erl ist meist nicht zu Konversation aufgelegt. Er spricht nur, wenn es notwendig ist.

»Vielen Dank«, erwidert der Mann höflich und zieht die Mundwinkel zu einem gewinnenden Lächeln in die Höhe. Amelia kann seine blitzenden Augen sehen und spürt, wie sich ein warmes Gefühl in ihrem Bauch ausbreitet.

»Eine Übernachtung ist gar nicht teuer«, versucht Amelia eine freundliche Annäherung, denn der Herr ist ihr sympathisch.

»Ich hab mich noch gar nicht vorgestellt.« Der Mann streckt die Hand aus. »Zuerst die Dame«, sagt er höflich.

Amelia ergreift die Hand. Der Druck ist warm und freundlich. »Amelia Erl«, sagt sie.

Der Mann stutzt für einen Moment. »Grabensberger«, sagt er dann, und zögerlich schüttelt nun auch Hans Erl schweigend seine Hand.

»Ich habe vor ein paar Wochen den Pengauer Grund gekauft«, erklärt Grabensberger.

»Diese verrottete Hütte?«, meint Hans Erl herablassend.

Grabensberger lacht freundlich, sodass sich die Falten tiefer um seine blitzend hellen Augen eingraben. »Nun, ich mag große Aufgaben«, sagt er. »Das Haus ist heruntergekommen, aber mit ein paar Handgriffen kann man einiges daran ausbessern und daraus eine recht hübsche Wohnstatt bauen.«

Erl zuckt mit den Achseln. »Wenn Sie meinen«, sagt er, »mich geht's nix an.«

Er will sich abwenden, doch Amelia hat das Bedürfnis, dem Fremden noch ein gewisses Gefühl der Herzlichkeit mitzugeben. Sie schämt sich ein wenig für die Griesgrämigkeit des Ziehvaters.

»Sie werden sehen, schön ist es hier in der Natur. Die Stille tut dem Herzen gut.«

Wieder lächelt der Mann freundlich, jedoch ein wenig distanzierter. Er scheint mit einem Mal in Gedanken versunken. »Danke«, sagt er abwesend, »und haben Sie noch einen schönen Abend.«

Als Grabensberger den Weg fortsetzt, rotieren in ihm die Gedanken. Amelia Erl, Amelia Erl. In seinem Kopf beginnt es sich zu drehen, zieht ein Fragezeichen Kreise. Grabensberger sucht nach einem Bild, das er schließlich findet. Natürlich!, denkt er.

Er wischt sich über die Stirn. Tatsächlich, in diesem Tal war das gewesen. Die brennende Hütte, der Vierfachmord. Und er hatte es völlig vergessen.

Der Bergweg

Früher

Der Karren mit den Leichen rumpelte den Berghang hinab ins Dorf. Daneben schritten die Männer des Dorfes einher. Alle waren erschöpft. Da tauchte eine Gestalt auf, die feixend um den Wagen herumsprang.

»Nicht gestorben, nicht geboren, nicht gelebt«, murmelte der Idiot, ein Speichelfaden lief ihm aus dem Mund.

»Herrgott, hab Erbarmen.« Simon streckte einen seiner hageren Finger aus. »Man bringe ihn zurück zu seinen Eltern«, sagte er und senkte den Blick wieder zu Boden.

Dann winkte er den jungen Hansl heran. Hansl war ein guter Kerl. Er würde, wusste der Dorfpriester, seinen Auftrag willig und ohne größere und umständlichere Fragen ausführen.

»Geh, sattle dein Pferd«, sagte Simon. »Und reite nach Innsbruck, den Untersuchungsrichter zu holen.«

Der Knabe blickte ihn aus großen grünen Augen an und nickte. Der Blick hatte etwas Dummes. Bevor er sich umdrehte, stockte Hansl für einen Moment.

»Herr, darf ich fragen, warum?«

Simon sah den Knaben erstaunt an, vom Rock bis zum Scheitel. Seit wann war dieser so unsicher? Seit wann wagte er es, Fragen zu stellen?

Simon rang nach Luft. Sein Kinn bebte ein wenig. Er streckte die Arme aus, umarmte Hansl leicht und zog ihn zu sich. »Wahrlich, ich sage dir«, sprach er mit leiser, eindringlicher Stimme, »die Hexe aus dem Baumgartnerhaus ist eines qualvollen Todes gestorben.«

Hansl riss die Augen, die Simon an die einer Kuh erinnerten, weit auf und rang nach Luft wie ein frisch aus dem Teich gefischter Karpfen.

»Oh, Herr!«, rief er händeringend aus. »Hat es also tatsächlich gebrennt, so wie man es sich erzählt?«

Der Dorfpriester nickte. »Ja. Während du unten im Tal warst, um die Milch zu holen, hat das Feuer gewütet. Und schlimmer noch.«

»Was für ein Unglück!« Hansl rang die Hände.

»Die Sintflut hätte das Feuer fast nicht löschen können«, sagte Simon und war sich des dramatischen Untertons in seiner Stimme durchaus bewusst. Ganz so stimmte dies freilich nicht; doch Simon war gut darin, zu übertreiben.

»Mutter Maria!«, rief Hansl aus.

»Das ist«, entgegnete Simon seufzend, während er sich das schüttere Haar zurechtstrich, »die gerechte Strafe Gottes.«

Hansls Nasenspitze war blass geworden. »Ihr sagt es, Hochwürden«, stammelte er.

Für einen Moment schwieg Simon, denn er war sich der Macht seiner Worte bewusst. Er lauschte dem Wind, der durch die Bäume wehte, und dem hechelnden Atem des Burschen, der auf weitere Befehle wartete.

»Hansl«, sagte Simon schließlich feierlich und klopfte dem Knaben auf die feiste Schulter, »das hier war nicht das Fegefeuer. Ich sage dir, die Martha Baumgartner, sie brannte im Feuer der Hölle dort oben.« Mit einer gewissen Genugtuung blickte er um sich. Dann aber bekam er doch Mitleid mit der armen Toten, die eine recht Leichtlebige gewesen war. Er fasste sich. »Und nun geh, sende nach dem Untersuchungsrichter, auf dass Gottes Gesetz walten möge hier in Stumm.«

»Wonach?«

Tat Hansl so dumm, oder war er es? »In die Stadt sollst!«, rief Simon ungeduldig.

»Nach Innsbruck?«

»Ja, wohin denn sonst? Und sagen, dass ich nach dem Untersuchungsrichter geschickt hab.«

Hansl duckte sich verschreckt. »Ja, Herr, ja!«

»Gut«, sagte Simon, nun wieder sanfter. »Leb wohl.«

Wortlos nickte der Knabe, wandte sich um und hastete mit stolpernden Schritten die Landstraße entlang. Gleichzeitig setzte sich der Wagen mit den Leichen wieder in Bewegung.

Simon wischte sich über die Stirn. Er war bei den Löscharbeiten dabei gewesen, die von der Dämmerung an bis in den Tag hinein gedauert hatten. Denn das Feuer war, auch wenn es den Hof bloß zu großen Teilen und nicht ganz dahingerafft hatte, auf das Waldstück, das danebenlag, übergegangen. Auch wenn er nur derjenige gewesen war, der die Befehle erteilt hatte – in Notsituationen war es stets der Pfarrer, der das Sagen in Stumm hatte! –, so fühlte er sich doch erschöpft wie kaum je zuvor. Die Morgenandacht hatte abgesagt werden müssen. Es hatte Stunden gedauert, das Feuer zu tilgen und die Körper zu bergen. Simon grauste. Ihm kam es vor, als hätte im Baumgartnerhaus der Teufel gewütet. So still und friedlich die Landschaft auch vor ihm lag, so heimtückisch war sie tatsächlich.

Perchten!, dachte Simon, während er dem Wind lauschte, der durch die Bäume fuhr.

Und er vermeinte, haarige Gestalten zu sehen, die lange Schwänze hinter sich dreinschliffen und sich mit gehörnten Schädeln den Weg durchs Dickicht bahnten.

Ankunft der Toten

Früher

Auf dem Dorfplatz an der Hand von Anna, der Hebamme, stand die kleine Amelia Baumgartner.

»Was tun wir?«, wollte das Kind tonlos von ihr wissen.

Anna umarmte das Mädchen für einen Moment zärtlich. »Wir warten.«

Amelia blickte sie an, mit Augen, in denen kein Ausdruck lag. »Worauf?«

Anna seufzte und fuhr ihr durchs Haar. »Auf den Leichenwagen, mein Kind.«

Amelia nickte.

Stille.

»Und warum?«, fragte sie schließlich.

Anna atmete erneut tief und fest ein und aus. »Da sind«, sagte sie, »die toten Leiber deiner Liebsten drin.«

Wieder war es ruhig. Die Sonne stand bereits hoch am Himmel. Ein leichter Wind kam auf.

»Oh«, sagte Amelia, doch sie schien nicht zu begreifen, schien mit den Worten nichts anfangen zu können.

Wie auch?, dachte Anna. Sie ist noch ein Kind, das keinen Begriff vom Maß des Lebens und dessen Anfang und Ende haben kann.

»Ist dir kalt?«, fragte sie besorgt.

Amelia schüttelte den Kopf. So standen die beiden da, und nach und nach hatte sich erneut eine Menschentraube um sie herum gebildet. Die Gruppe erwartete den Karren.

Amelia indes dachte nach, während sie so an Annas Hand stand. Man hatte sie aus der Kirche geführt, ihr erklärt, dass die Mutter, der kleine Max, die Oma und die Schwester in dem Karren seien, aber was hieß das? Es ließ sich nicht begreifen.

Als der Karren neben ihnen zum Stehen kam, riss sie sich los und verschwand in der Gasse.

Anna, die einen kurzen Impuls in ihrer Hand gespürt hatte, drehte sich zur Seite und wollte ihr folgen, doch ihr Mann schritt ein.

»Lass«, sagte Hans Erl und ging mit raschen Schritten dem Mädchen nach.

Seine Beine waren kräftig, er war ein Mann, und so hatte Erl kein Problem, Amelia in wenigen Sekunden einzuholen.

Sie stand, die Rußpuppe an die Brust gepresst, unter einer Tanne und starrte ins Leere. »Das ist eine Lüge«, sagte sie.

»Was?«

»Dass die Mutter und der Max und die anderen in dem Karren sind. Im Feuer sind s' nämlich. Ich hab es genau gesehen. Und nirgendwo anders.«

Erl machte sich ein wenig kleiner, sodass seine Augen sich auf selber Höhe mit denen des Mädchens befanden. Ihre waren grün, von einer durchdringenden Helligkeit. Das Gesicht mit der Stupsnase war von schimmernder, blasser Zartheit. Erl widerstand dem Wunsch, eine von Amelias blonden Locken um seinen Finger zu drehen, wie er das bei ihrer Mutter immer gern gemacht hatte.

»Weißt du, was mit uns ist, wenn wir sterben?«, fragte er.

Amelia schüttelte stumm den Kopf.

Er deutete auf ihre Brust. »Das, was da drin ist, das schwingt sich auf wie ein Vogel«, er wies mit seiner flachen Hand in den Himmel, an dem einige Raben ihre Kreise zogen, und lächelte, »und geht fort, weit fort, dahin, wo die Liebe wohnt.«

Amelia zog ihre Augenbrauen in die Höhe und blickte ihn an. Sie sagte nichts.

»Also wenn der Körper Asche ist, dann brauchst du da nicht suchen nach dem, was wichtig war, als der Körper noch lebte«, fuhr Erl fort.

Amelia sah ihn aus großen Augen an. »Und wo soll ich suchen?«, fragte sie schließlich.

Hans Erl merkte, wie seine Augen feucht wurden. Mit der rechten Hand deutete er erneut in den Himmel.

Amelia dachte kurz nach. »Gut«, sagte sie nach einiger Zeit.

»Ja«, sagte Erl, aber es klang bitter, so als würde er selbst nicht an seine Worte glauben. Doch Amelia griff mit einer zärtlichen Geste nach seiner Hand. Gemeinsam schritten sie und er wieder zurück zur Landstraße.

Anna kam ihnen bereits entgegen. Sie sah ihren Mann erstaunt an.

»Seit wann, Hans, liegt dir das Wohl kleiner Mädchen am Herzen?«, fragte sie zart, während sie Erls dunkles, gekerbtes Gesicht betrachtete, als sähe sie es das erste Mal.

»Ich hab's brennen gesehen«, murmelte Erl nur in sich hinein.

Anna nickte. »Magst mehr erzählen?«, wollte sie vorsichtig wissen.

Erl verneinte.

»Ja«, sagte Amelia, und es kam von weit her, »der Hof hat gebrennt. Wo ist denn die Mutter? Kann Großmutter kochen heut Abend?«

Hans Erl schwieg, während Anna die linke Hand auf den Rücken des Mädchens legte.

»Ich koch«, sagte sie.

Aufbahrung

Früher

Kaum war der Karren angekommen, wurden die Leichen der Familie auch schon in die Dorfkirche gebracht und dort aufgebahrt.

Acht Männer des Dorfes, darunter Erl und Simon, standen um die toten, geschundenen Leiber herum. Stimmengewirr. Nie war es in diesen heiligen Hallen so zugegangen, würde man sich später erzählen. Es war ein Gedränge und Geschiebe. Während die einen den Blick zu Boden senkten und gingen, ihre Arbeit zu verrichten, waren die anderen begierig, möglichst viel von den grausam zugerichteten Toten zu sehen. Ein Geraune ging in Wellen durch die Menge.

»Es hat sich herausgestellt«, wisperte Resi dem roten Toni mit der sommersprossigen Haut ins Ohr, »dass die Leichen nicht nur verbrannt sind.«

»Herrgott!«, ereiferte sich der Franz, während er ohne Unterlass an seinem Kragen nestelte.

»Die Hex«, flüsterte Silbernagls Magd mit bösem Blick. »Ganz recht geschieht ihr's. Wie sie immer ihr Zauberspiel mit den Männern getrieben hat. Alle hat sie mit ihrer Magie verführt!«

»Was für ein Verbrechen!« Magdalena schlug die Hände vors Gesicht und zog sich zitternd in eine Ecke zurück. Sie war eine gute Freundin der Baumgartnerin gewesen.

Eins der Weiber aus dem Dorf, Maria, sah die Leiber und wurde totenblass. Sie schlüpfte aus ihrem Gewande und zog sich nackt aus. Da stand sie nun, reglos, bewegungslos, und hatte die Augen so seltsam verdreht, dass man nur mehr das Weiß ihrer Äpfel sah. Schließlich kam der Dorfarzt, um sie aus der Halle zu zerren. Maria ließ es geschehen, ihr Körper war reglos. Das Raunen schwoll an, wurde lauter und lauter, bis endlich Simon erschien, um ein Machtwort zu sprechen.

»Schweigt!«, rief er und baute sich mit erhobener Hand und nach vorne gerecktem Haupt vorm Altar auf. »Die Körper weisen so eindeutige Spuren von Gewalt auf, dass allen klar ist, dass sie erschlagen wurden, so wie es das Kinde ja auch in seinem Gestammel angedeutet hatte.«

Da konnte Erl nicht mehr an sich halten. »Die Löter waren's!«, rief er wutentbrannt auf und klopfte sich gegen die Brust.

»Du meinst, die Löter, die neulich durch das Dorf sind?«, fragte der rote Toni ungläubig.

Erl nickte, und die dunklen Locken flogen ihm in die gerötete, in Falten gelegte Stirn. »Genau die! Die haben immer wieder Sachen gestohlen, munkelt man. Haben sie nicht bekanntermaßen im Baumgartnerhaus genächtigt?«

»Wer hat das nicht?«, meinte Resi verächtlich und reckte ihren gockelähnlichen Hals.

Einige Dorfbewohner verkniffen sich das Lachen. Aber Erl war ganz und gar nicht nach Scherzen zumute. Im Gegenteil. Er war so in Rage, dass ihm nicht auffiel, wie Amelia sich wieder aus der Umklammerung seiner Hand löste und in ihrem Versteckchen hinterm Schrein in der Kirche verschwand, von wo aus sie das Geschehen leise beobachtete.

Anna war die Einzige, die bemerkte, dass die kleine Amelia, während sich die Männer bemüht hatten, die Körperreste in die Kirche zu verfrachten, erneut entschwunden war. Und sie, Wegbereiterin der Kinder, die sie war, erblickte als Einzige das kleine versteinerte Bündel, das sich da neben dem Schrein zusammengekauert hatte. Mit sanften Schritten näherte sie sich dem Mädchen.

»Komm raus da«, sagte sie und streckte ihre Hand aus.

Amelia blickte sie einfach nur an.

Schließlich kroch sie unter dem Schrein hervor. Langsam, vorsichtig, auf eine seltsame Art und Weise ruhig.

»Dein Kleid«, sagte Anna, »es ist ja ganz dreckig.«

Amelia betrachtete kurz den Saum, der mit Erde beschmutzt war, und nickte dann.

»Ist gut, Kind«, flüsterte Anna und hob das kleine Mädchen, das sofort nach ihrem walnussbraunen Haar griff, zu sich an die Brust. So schritt Anna zu dem Rest der Gemeinde, die sich um die Leichen versammelt hatte, setzte sich aber fernab der Menge auf die Kirchenbank und fing an, das Kindlein ein wenig zu wiegen.

Schließlich kam Erl zu ihr. Seine Augen lagen in tiefen Höhlen, der Blick funkelte. Anna legte ihm die Hand auf das linke Knie. Amelia aber sah ihn nicht an. Sie presste ihr Gesicht gegen Annas Brust.

»Und jetzt?«, fragte Erl mit rauer Stimme.

Er klang wie jemand, den es dürstete.

»Jetzt«, entgegnete Anna, »nehmen wir Amelia mit. Sie wird gewaschen.«

Erl nickte.

Langsam begann der Mob sich vom Altar wegzubewegen. Man schob den Karren mit den Leichen auf den Dorfplatz, nun, da der Priester sie in der Kirche gesegnet hatte, um alles weitere Übel vom Dorfe fernzuhalten. Anna stand, das Kind immer noch an die Brust gepresst, auf und trug Amelia hinaus. Die Landschaft wusste von nichts. Der Schmerz hatte keine Spuren hinterlassen. Der Kies des Weges knirschte unter den Füßen, der Wind wehte den Weibern den Rocksaum um die Füße, hin und wieder sang ein Vogel. Die Helligkeit des Tages hatte sich auf die Umgebung gesenkt, durch das Geäst vereinzelter Bäume schimmerte Sonnenschein. Als sie am Wagen mit den Leichen vorbeigingen, schirmte Erl Amelias Blick mit seiner Hand ab.

»Deine Hand ist alt«, sagte Amelia plötzlich laut.

Sie griff nach den breiten, von der Arbeit gekerbten, rillig aussehenden Fingern und drehte sie um, dem Himmel zu, als wäre es ein Spiel.

Da trat der Dorfpfarrer an sie heran. Anna war bekannt als

gute Hebamme und friedvolle, treue Frau. Nie suchte sie Streit, war verschwiegen und fromm. Um ihren Hals hing stets ein Rosenkranz. Das Haar trug sie schlicht unterm Käppchen. Ihr Körper war weich und teigig, die Haut dunkel und sonnengegerbt. Jeder mochte sie, sonnte sich in ihrem Antlitz.

Gemeinsam wanderten sie zu deren Haus.

Die Häuser im Dorf waren aus Stein. Immer wieder legte Amelia ihre Hand gegen die Mauern, die sich hart und kalt anfühlten. So waren auch die Gesichter der Menschen anders, weniger faltig und gefurcht als die auf den Höfen. Das Haus der Mutter hingegen bestand aus Holz, Amelia liebte es, die Hände daraufzulegen. Einmal hatte die Großmutter Amelia erzählt, die ganze Gemeinde habe beim Bau geholfen.

»Mit anpackt haben sie ordentlich!«, hatte sie gesagt.

Die Fenster waren aus Glas gewesen. Ob Glas brannte? Ob es schmolz wie Wachs? Lichte, saubere Wohnräume hatte es gegeben und ordentliche Wirtschaftsräume auch. Der sonnenseitige Hang, das Gras zum Hineinbeißen.

Sie betraten die Stube, in der Anna und Erl lebten. Es hätte daheim sein können, dachte Amelia. Der einfache Herd, der Ofen, überdeckt allein mit einem Gewölbe aus Lehm und Rollsteinen. Die Stube war vertäfelt, wie die ihrige es auch gewesen war. Hieße das, auch hier war man nicht sicher vor Feuer? Amelia sah sich mit ängstlichem Blick um.

Während Anna sie auf das Bett setzte, neben dem eine große Truhe stand, ging Erl mit wuchtigen, nach Wut klingenden Schritten zum Tisch und entzündete einen Kienspan. Sofort begann das trauliche Licht zu flackern.

»Es wird Zeit, dich zu baden«, sagte Anna und schälte Amelia aus ihrem Rock. »Du bist ganz rußig«, ergänzte sie zärtlich.

Amelia schwieg, während Anna über dem Feuer Wasser zu heizen begann. Diesen Vorgang kannte sie bereits. Doch sich von Anna waschen zu lassen war eine neue Erfahrung. Sie wusste nicht recht, was das alles bedeutete.

Nachdem Anna Amelia, die kein Wort von sich gab, aber nur bedingt Widerstand zeigte, abgewaschen und trocken gerieben hatte, trug sie sie ins Bett. Für einige Momente lauschte sie deren Atem, der schließlich flacher wurde.

Dann ging Anna zurück in die Stube.

Auch Erl war dabei, sich zu waschen. Er zog seinen gefärbten Leinenrock aus, danach die Lodenhose und zuletzt seine Wollstrümpfe.

»Was für ein Tag«, murmelte er, der meist schweigsam war.

»Ja«, meinte Anna.

Sie sah, dass Erl etwas bedrückte, und wollte ihn umarmen, wie er so nackig vor ihr stand, aber er stieß sie von sich. Zwischen seinen Augenbrauen hatte sich eine tiefe Kerbe gebildet.

»Lass mich«, sagte er.

»Willst du dein Weib nicht an deine Brust drücken? Gerade jetzt, da so viel Hässlichkeit in der Welt ist?« Anna merkte, wie es ihr schwer um die Brust wurde.

Erl jedoch schob sie weiter von sich.

So ging Anna, noch einmal nach dem Kind zu sehen. Amelia schlief, neben ihr lag die verrußte Puppe. Anna setzte sich an das Fußende, nicht zu nahe und nicht zu weit weg – das ist das Geheimnis, dachte sie. In dem Moment schreckte Amelia aus dem Schlaf hoch und griff nach der Puppe, während ihre Lippen zitterten. Anna versuchte sie zu beruhigen.

»Wie heißt sie denn?«, fragte sie, auf die Puppe deutend.

»Magdalena«, sagte Amelia nach einiger Zeit tonlos.

Anna lächelte. »Wie die beste Freundin deiner Mutter, hab ich recht?«, plauderte sie, um die Stille zu vertreiben, die wie eine zähe, schwere Masse in der Stube hockte und begonnen hatte, sich weiter auszubreiten.

Amelia zuckte mit den Achseln.

»Du weißt doch, Magdalena Müllernagl«, versuchte Anna es erneut.

Das Mädchen schwieg.

»Vielleicht«, sagte es dann, als Anna die Hoffnung fast aufgegeben hatte, dass noch ein Wort von den hellen Lippen käme, »heißt sie auch Max?«

»Aber die hat doch ein Röckchen ...«, rief Anna, dann hielt sie inne. Ihr fiel ein, dass Max der Name von Amelias Halbbruder gewesen war. Der Bub war nicht älter als wenige Monate geworden. »Verzeih«, sagte sie da, sich korrigierend, und stand auf.

Zärtlich strich sie über die Stirn des Mädchens, bevor sie mit feuchten Augen das Zimmer verließ. Sie atmete tief ein und aus. Anna war eine starke Frau und wusste, dass es in solchen Momenten nur auf eines ankam: zu sein.

Rache

Früher

Des Nachts drangen Geräusche aus der Küche. Als Anna nachsehen ging, traf sie auf einen verstörten Erl, der sie mit einem wirren Blick in den Augen ansah, während er eine Kerze anfackelte.

»Kannst du nicht schlafen?«, fragte Anna.

Stille. Erl fuhr sich durch das dunkle, lockige Haar.

»Wie die zugerichtet waren«, murmelte er.

Anna nickte. »Magst reden darüber?«, fragte sie.

Doch Erl schwieg, bis sie sich schickte, wieder ins Bett zu gehen.

Erl indes saß noch lange da und starrte ins Feuer.

Dann, irgendwann, stand er auf und ging zu Amelias Bettchen. Er kniete nieder, faltete die Hände und stemmte sich gegen das Bett.

»Amelia«, wisperte Erl, obwohl er wusste, dass das Mädchen mit dem zarten Engelsgesichtchen schlief, »Amelia, ich schwör dir bei Gott, ich werde deine Familie rächen.«

Am nächsten Morgen hörte Anna ihren Mann früh schon in der Küche rumoren. Sie stand auf und fand Erl, wie er in seinen Leinenrock schlüpfte.

»Was hast du vor?«, fragte Anna, nicht frei von Besorgnis.

Erl griff nach seinem Lodenmantel. »Das Pferd satteln. Wir müssen aufbrechen.«

»Es ist noch zu früh, um zu arbeiten«, sagte Anna, und ihr schwante Übles.

»Aufbrechen werd ich, die beiden Löter zur Strecke zu bringen.«

Anna sah ihn zweifelnd an. »Hass gebiert stets nur Hass,

Hans«, sagte sie und wollte nach seinem Arm greifen, doch er schob sie zur Seite.

»Sei still und sprich mir nicht von gebären«, sagte er.

»Wie meinst du?«

»Du hast es oft begleitet, doch nie selbst getan. Also schweig.«

Anna spürte, wie ihr die Tränen in die Augen traten. »Ist das der Grund, warum du mich verschmähst?«, fragte sie.

Erl sah sie an.

»Du bist bei anderen Frauen gewesen, hab ich recht?«, fuhr Anna fort, ohne dass eine Spur von Vorwurf in ihrer Stimme lag.

»Verzeih«, wisperte Erl schließlich.

Anna, sanft und warmherzig, wie sie war, hatte ihm jedoch verziehen, bevor er sie darum gebeten hatte. Sie ging in die Stube zurück und betrachtete im flackernden Kerzenschein Amelias blasses, ruhiges Antlitz. Lange, lange. Die Zeit verstrich.

Schließlich richtete sich Amelia langsam auf und rieb sich die Augen. Noch bevor sie zu weinen beginnen konnte, hatte Anna, deren Blick auf die vom Lauf durch den Wald zerrissenen Kleider fiel, eine Idee, wie sie das Mädchen ablenken und begeistern könnte.

»Wir beide«, sagte sie, »werden wohl jetzt was Neues zum Anziehen für dich weben. Was hältst du davon?«

Amelia sah sie zunächst zweifelnd an.

»Denn selbst gesponnen, selbst gemacht ist die schönste Bauerntracht«, fuhr Anna in heiterem Ton fort.

»Ja«, kam es nach einigen Sekunden. Amelia nickte.

Kaum waren sie mit der Morgentoilette fertig, brachte Anna Amelia in die Kammer mit dem Webstuhl. Zunächst nahm sie Maß an dem Kind, dann begann sie, einen der Stoffe, die sie noch übrig hatte, zusammenzufügen.

Amelia stand stumm da und beobachtete Annas flinke Hände ohne jeglichen Ausdruck. Beide kannten die Prozesse.

Auch in Amelias Hof hatte es Vorrichtungen für das Anfertigen von Kleidern gegeben. Amelia hatte hin und wieder zusehen dürfen. Es war, erinnerte sie sich nun, ein flinkes Genestel gewesen: weben und nähen.

»Kennst du die Walchstampf?«, fragte Anna.

Amelia erinnerte sich, wie sie diese im Haus der Mutter begeistert beobachtet hatte, und nickte.

»Die ist wundervoll, oder?«, fuhr Anna geschäftig fort.

Amelia aber zeigte keine Regung.

Später, als sie mit dem Zuschneiden des Stoffes und den ersten Stichen fertig war, reichte Anna Amelia ein Glas Milch, doch das Mädchen betrachtete sie nur.

»Trink«, sagte Anna freundlich.

Amelia reagierte nicht. Dennoch aß sie jeden Blick, jedes Lächeln Annas. Es war das Einzige, das sie im Moment am Leben zu erhalten schien.

Verfolgung

Früher

So ritt Erl zu Anton Rederich. Rederich war ein grobschlächtiger Kerl mit breiten Schultern und einem schief verzogenen Mund, der immer ein wenig langsamer ging als die anderen.

Mit schläfrigem Blick sah er Erl an.

»Ich räch die Baumgartnerin«, sagte Erl einfach.

Stumm nickte der Rederich.

»Und was willst?«, fragte er schließlich, als Erl keine Anstalten machte, von seiner Haustür zu weichen.

»Deine Unterstützung«, sagte Erl.

Rederich, der den Karren mit den Körpern gesehen hatte, sah Erl für einen Moment an. Dann nickte er wieder stumm, ging in den Stadl und sattelte sein Pferd.

Nachdem Erl mit Hilfe Rederichs eine Schar männlicher Dorfbewohner, unter ihnen auch Konrad Ebster, ein besonders wackerer und wagemutiger Bauer, zusammengetrommelt hatte, machte die Meute sich auf, um die mutmaßlichen Täter zu finden. Man hatte sich erzählt, dass die beiden Löter den Hang hinaufgeflohen seien, und vermutete, die zwei würden versuchen, über den Berg ins nächste Dorf zu gelangen, um dort ihre Löterlehre fortzusetzen. Dass sie aber keine gewöhnlichen Burschen seien, munkelte es außerdem. Sie seien in der Region bereits verschrien, immer wieder kleine Streiche und Räubereien begangen zu haben. Wie auch immer: Man ritt den beiden nun nach, die zu Fuß unterwegs waren.

Es stob der Sand unter den Hufen der Tiere. Die Bäume rauschten in der Dämmerung. Während Erl den Berg hinaufritt, allen voran, sah er die Gesichter der beiden jungen Männer vor seinem inneren Auge. Der eine, der Fuchs, war ein kleiner Blonder gewesen, mit einem feisten Hinterteil und dem watscheligen Gang einer Ente, und der andere, Haas, ein schwarzhaariger Kerl, dem man die Falschheit an den Grübchen um Mund und Augen ansah, so zeterten jedenfalls die Weiber im Dorfe. Die Männer zeterten nicht, sie hatten ihre Kappen aufs Haupt gedrückt und ritten schweigend, wie es so ihre Sache war, gegen den Wind an. Langsam wurde es heller auf dem Waldweg. Erl malte sich im Kopf aus, wie er den kleinen Fuchs und den knorrigen Haas mit dem Schürhaken bearbeiten würde. Hin und wieder flatterte ein Vogel durchs Dickicht, schreckte ein Reh auf und sprang wild umher.

Schließlich hatten sie den Berggipfel erreicht. Vor ihnen faltete sich ein kalter, klarer Himmel auf. Zwischen dem kniehohen Gras, durch das sie hindurchritten, hatten sich kleine Nebelschwaden gebildet.

Als sie beim Baumgartnerhaus vorbeikamen, senkte Erl den Blick. Damit war er nicht der Einzige, das wusste er, obgleich er sich nicht umsah. Das ehemals so prächtige und heimelige Holzhaus, ja der halbe Hof mit großen Teilen seiner Zubauten lag in Schutt und Asche. Die Dorfbewohner hatten es zum Glück geschafft, das Feuer zu löschen, bevor alles dahingerafft worden war.

Dennoch: Das war keine Wohnstatt mehr, es war nur noch ein zerstückeltes Haus, an manchen Teilen verkommen zu einem Skelett. Zwischen dem gräulich weißen, fast magisch aussehenden Staub lagen einzelne Reste der ehemaligen Stube: eine rötlich bemalte, großteils abgebrannte Kommode, zerbrochene Krüge, der Teil einer Holztreppe.

Asche zu Asche, Staub zu Staub, dachte Erl, und Simons Gesicht stieg vor ihm auf und sein erhobener Zeigefinger – wie er vor versammelter Gemeinde stand, die Hand hob und auf das große, schwere Kreuz hinter sich deutete.

Er wollte die Leiber der beiden Übeltäter auch ans Kreuz genagelt sehen. Er wollte ihre Körper zucken sehen im Schmerz. Wollte, dass sich ihnen die Zehennägel nach oben wellten in sprachlosem Entsetzen. Denn es hatte gebrannt. Und nun brannte es weiter, in Erl, es saß in seinem Bauch und loderte als ewiges Feuer, es trieb ihn an, an, an, er musste das Gesindel bluten sehen. Bevor es Tag wurde, musste er die beiden Burschen aufgespürt haben. Weit konnten sie nicht sein. Sie waren zu Fuß ins Tal gekommen. Eine Schnitte Brot hatten sie erbeten, von einem Haus zum andern waren sie so gezogen, erinnerte sich Erl. Martha hatte sie dann aufgenommen, unschuldig und freimütig, wie sie war, sei es mit ihrem Hab und Gut, sei es mit ihrem Körper.

»Mein Haus ist dein Haus«, hatte Martha gern gesagt, und mit ihrem Schoß war sie genauso verfahren.

Sie hatten sich gekannt, seit Erl ein Knabe gewesen war. Damals war sie ein kleines blondes Mädchen gewesen, das im Gottesdienst meist artig in der zweiten Reihe neben ihren Eltern hockte, die einen Gasthof – eben das Baumgartnerhaus – betrieben. Später hatten sie gemeinsam Insekten gejagt und waren auf Bäume geklettert. Erl erinnerte sich heute noch an Marthas Lachen, das stets wie tausend kleine Schellen geklungen hatte, die gegeneinanderschlugen. Leicht war sie gewesen, verspielt und frohgemut. Eine helle Seele. Eine Seele wie der Wind. War es deshalb, dass die Leute im Dorf schlecht über sie sprachen?

»Sie ist eine Hexe«, hatte die Gärtnerin gern gesagt, wenn sie mit ihren Freundinnen abends auf dem Platz von ihrem Hof gesessen war.

Das würde sich nun schlagartig ändern. Denn über Tote sprach man nicht schlecht. Das schickte sich nicht.

»He«, rief da Franz, der drei Pferde hinter Erl geritten war.

»Ja?«, sagte Erl, aus den Gedanken gerissen, scharf.

»Geht es weiter da vorn oder nicht, Hans?«

Erl riss sich los. Er sah nicht mehr auf die Aschegebilde, sah nicht mehr auf die halb zu Staub verbrannten Möbelstücke, in denen das Leben mehrerer Generationen aufbewahrt worden war.

»Ja, Brüderchen«, sagte Erl bitter.

Hinter seinem Rücken wurde gelacht. Erl wandte den Blick in die Ferne und gab dem Pferd die Sporen. Zeit, dass sich etwas änderte im Stummer Tal.

Die Rast

Früher

Nun also ritten die Männer über den Bergweg, schlugen die Route zur nächsten Alm ein, denn die Spuren wiesen auf das hin, was Erl sich ohnehin längst zusammengereimt hatte: Die beiden Taugenichtse würden versuchen, das nächstgelegene Dorf zu erreichen, das ein paar Tage Fußweg entfernt war. Mit dem Pferde würde man sie jedoch bald eingeholt haben.

Erl war unerbittlich. Erst als es zu dämmern begann, gab er dem Drängen der restlichen Männer nach.

»In Ordnung, wir schlagen hier unser Lager auf«, knurrte er, nachdem Anton ihn das dritte Mal darauf hingewiesen hatte, dass er nur den Unmut der Männer heraufbeschwören würde und sie vor Anbruch des nächsten Tages umkehren würden, wenn er so stur bliebe.

Erl zog die Zügel zu sich, und sein dunkelbrauner Hengst blieb stehen. Mit einer raschen Bewegung stieg Erl ab und klopfte dem Tier beiläufig, doch liebevoll auf die Flanken. Der kleine Franz hatte bereits begonnen, vereinzelte Holzscheite zusammenzuklauben, während Anton einen Kienspan aus seinem Gepäck kramte. Man hatte Decken mitgebracht für die Nacht, und Moritz bot an, dass er die erste Nachtwache halten würde.

Noch bevor die Dunkelheit endgültig hereinbrach, brannte ein kleines Feuer, um das herum sich die Männer schweigend und mit müden Gesichtern platzierten.

»Gut tut es, zu rasten«, sagte Erwin, der ein wenig rohes Fleisch mitgebracht hatte, das er nun auf einen von Franz' geschnitzten Spießen steckte und über den Flammen zu drehen begann.

»Wir werden sie bald einholen, das sag ich euch«, sagte Erl

mit finsterer Miene, während er mit eigentümlich gebanntem Ausdruck auf die Flammen starrte.

»Gewiss«, pflichtete Moritz gutmütig, an einer Stiche Brot kauend, bei.

Erl klopfte sich auf die Brust. Seine Stirn glänzte vor Schweiß, obwohl die Kälte gemeinsam mit der Dämmerung begonnen hatte, ihnen in die Glieder zu kriechen. »Schwört mir alle, dass ihr keine Gnade walten lassen werdet«, sagte er, ohne in eines der Gesichter der Männer zu blicken.

Diese, erschöpft und hungrig, wie sie waren, versprachen dem Erl hoch und heilig, sie würden den Fuchs und den Haas nicht ohne gerechte Strafe davonkommen lassen.

»Niemals sollen die beiden in Freiheit bleiben!«, rief Erl und klopfte sich noch einmal gegen die Brust.

»Nein!«, pflichtete Erwin ihm wacker bei.

Auch die anderen echoten ein dumpfes, lautes »Nein!«.

Damit, dachten alle, müsste wohl jeder seinen Nachtfrieden finden.

Dem jedoch war nicht so. Erl blieb wach und starrte mit erhitztem Antlitz in die Flammen, bis der Morgen graute.

Der Stadl

Früher

Am nächsten Morgen setzten Erl und seine Männer die Reise fort. Sie ritten weiter über den Pass. Ein kühleres Wetter war aufgezogen, was den Grimm der Männer noch verstärkte. Der steinerne Weg knirschte unter den Hufen der Pferde. Erl jagte seinen Hengst ohne Rast weiter. Bald schon verloren sich jedoch die Spuren der beiden Knaben. Erl hielt seinen Hengst an.

»Wir sollten umdrehen«, sagte Franz, der sein Pferd nach vorne lenkte und neben Erl zum Stehen kam.

»Sie sind wohl vom Weg abgegangen und ins Dickicht hinein verschwunden. Und der Nahrungsvorrat reicht nur noch für kurze Zeit.«

Erl blickte ihn nicht einmal an. Stur hielt er seine Augen geradeaus gerichtet und starrte den leicht bergan verlaufenden Weg an. Wie seltsam, dachte er plötzlich, als er den Blick zu Boden senkte, dass auf diesen höchsten Bergen die zartesten Blumen wuchsen. Für einen Moment spürte er den Impuls, den Hengst darüberzujagen, ihn mit seinen Hufen das durchscheinende Weiß niedertrampeln zu lassen. Aber er hielt sich im Zaum. Als er den Kopf zur Seite drehte und den Nebel im Geäst hängen sah, kam ihm eine Idee.

»Die Buschen«, sprach er, mehr zu sich selbst, »sind Taugenichtse. Sie haben Angst. Es ist ein Zeichen von Schwäche, wenn man eine unschuldige Frau und ihre Kinder auf so eine brutale Art und Weise ermordet. Sie werden nicht weit sein. Folgt man dem Pfad in die Wälder hinein, so steht nicht weit von der Quelle der alte Stadl des Ruckenbergers. Da müssen wir hin. Da werden sie untergeschlüpft sein, sich versteckt haben, denn sie müssen wohl wissen, dass die Botschaft des Mordes sich rasch verbreiten wird.«

»Du redest wirr«, sagte Franz und klopfte Erl auf die Schulter.

»Wie meinst du?«, entgegnete der.

»Weitergezogen werden sie sein in ihrer Hast, ihrer Angst.«

Erl schüttelte grimmig den Kopf. Um seine Augen hatten sich tiefe Furchen eingegraben, man sah, dass er die letzte Nacht kein Auge zugetan hatte. Ob es stimmte, dachte er, dass hier auf diesen Höhen, wie man sich erzählte, die schrecklichen Perchten hausten? Wenn ja, dann würde er sich verwandeln. Würde in eine pelzige Haut schlüpfen und heulen wie ein wilder Wolf. Erl stieß einen Schrei aus.

»Wir reiten zum Stadl des Ruckenbergers!«, rief er.

»Freund«, versuchte Siegfried, der das Gespräch der beiden aus der zweiten Reihe belauscht hatte, einzuschreiten, doch es war zu spät.

Erl presste seine Schenkel gegen die Flanken des Hengstes und spürte, wie dessen Atem begann, immer wilder zu werden. Die Nüstern des Tieres blähten sich, es setzte sich in Bewegung. Zunächst langsam, dann immer schneller werdend. Erl raste den Waldweg entlang. Der Rest der Männer hatte Mühe, ihm zu folgen.

»Welch ein Teufel«, stieß Siegfried aus.

Doch er wagte nicht, das Wort zu erheben. Das Feuer der Wut, das in Erl entbrannt war, ängstigte ihn zu sehr.

Amelias Traum

Danach

Während Erl dasitzt und das Licht der Dämmerung auf seinem Gesicht flackert, denkt Amelia immer wieder an ihren Traum von Anna, der sich in den Nächten wiederholt.

Unmittelbar nach dem Traum schwellen manchmal die Fenster an, schieben sich dichter an sie heran. So auch jetzt.

Amelia legt den Kopf auf Erls Schulter. Ihre Hände fahren ihm durchs Haar. Der Raum des Wohnzimmers ist auf einmal sehr eng.

»Ich hab geträumt, dass Anna ins Feuer muss«, sagt Amelia plötzlich. »Oder warte … nein … meine Mutter war's … also die leibliche.«

Erl schaut nicht auf, scheint sie kaum zu hören. »Na geh«, meint er nur.

»Ja. Und stell dir vor: Der alte Simon war's! Der Dorfpfarrer! Er hat sie als Hexe verbrennen lassen. Ich hab sie gerettet. Aber dann hab ich nur dich gerettet in Wahrheit.«

Die Mundwinkel des alten Mannes zucken leicht auf. Er dreht den Kopf zur Seite. »Grad der Simon – Gott hab ihn selig –, der war doch so furchtsam … Obwohl … gemocht hat er die Weiber nie.« Er greift nach einem Stoffhund aus brauner Wolle, der auf dem Sofa liegt, und wackelt mit ihm vor Amelias Gesicht herum. Beugt sich zu ihr herüber. »Mit dem hast immer so gerne gespielt.«

Amelia seufzt. »Erl, ich bin doch kein Kind mehr!«

Doch Erl rührt sie. Wie traurig er aussieht. Und alt.

Amelia weiß nicht, wieso, doch ihr wird eng in diesem Moment. Die Fenster schieben sich immer näher an Erl heran. Bedrohlich. Ob sie aus ihnen springen soll? Der Raum ist riesig, aber gleichzeitig zieht er sich über Amelia zusammen, und es gibt kein Entkommen. Sie macht sich klein und schiebt den Kopf auf Erls Schoß.

»Was hast du denn?«, fragt ihr Ziehvater.

Amelia denkt, dass sie es nicht weiß. Ihr schwindsüchtiger Moment am Bahnsteig fällt ihr wieder ein.

»Ach, Vater, weißt du, ich war in der Oper.«

Erl lächelt. »In der Oper? Das ist doch wunderbar, mein Kind.«

Amelia sieht ihn traurig an. »Nein, verstehst du«, versucht sie, etwas zu erklären, das sie selbst nicht greifen kann, »es hat mich … in gewisser Weise verstört.«

»Warum denn?«

Amelia seufzt. »Vielleicht, weil es um die Liebe ging.«

Sie vergräbt ihr Gesicht an Erls Schulter, verkriecht sich im warmen, erdigen Duft des alten Mannes. Er streicht ihr über die Wange.

»Aber Kind, das muss dich nicht verstören. Die Liebe ist schön und stark.«

Amelia nickt. »Ja, freilich. Bei dir und Anna war sie das. Aber …«

Als sie sieht, wie sich Erls Augen mit Tränen füllen, hält sie rasch inne.

»Ich weiß, dass der Schmerz groß ist, verzeih.«

»Keine Sorge, mein Kind«, entgegnet Erl sanft.

Stille. Erl wiegt seine Ziehtochter ein wenig. Währenddessen aber denkt Amelia nach.

Sie hat keine Worte für das, was in ihr vorgeht, sie weiß nur, dass es sich nicht fortlaufen lässt, nicht in die Stadt, nicht in den Wald, nirgendwohin.

»Morgen habt ihr Feier bei den Pensionisten«, sagt sie irgendwann.

»Ja.«

»Das ist doch großartig, oder?«

Erl nickt. Sein Gesicht jedoch sieht dabei aus wie ein in sich zusammengerolltes vertrocknetes Blatt.

Er greift sich an den Bauch, der mit den Jahren begonnen hat, sich leicht auszuwölben.

»Freust du dich denn nicht?« Amelia bemüht sich, aber Erl ist abwesend.

»Doch, doch«, murmelt er.

Seine Zähne klappern ein wenig, während er aus dem Fenster starrt.

Amelia spürt den Impuls, ihn schützen zu wollen. Sie zieht ihren Vater näher zu sich hin und drückt ihn mit zitternden Fingern gegen ihr pochendes Herz. Aber er sitzt nur ausdruckslos da und sieht ins Leere.

Irgendetwas ist falsch, denkt sie plötzlich. Und es hat mit ihrem Leben zu tun. Doch sie findet keine Antwort, was genau es ist. Die Schwere jedoch hat sich auf ihre Brust gesenkt.

Abends überwindet sich Grabensberger und lässt die Arbeit am Hinterhof, den er gerade neu ausmalt, liegen. Er stapft gegen den Wind hinauf in Richtung Hütte. Grabensberger weiß, wo Erls Haus liegt, er findet es auf halbem Weg zur Anhöhe. Er klopft an. Es brennt noch Licht, doch für eine lange Zeit öffnet niemand die Tür. Schließlich sind trippelnde Schritte zu hören.

»Ja?«

Amelia ist es, die ihm öffnet und ihn mit großen, freundlichen Augen ansieht.

»Herr Grabensberger!« Das engelhafte Gesicht blickt ihn erstaunt an. »Womit kann ich helfen, der gnädige Herr?«, möchte sie wissen.

Grabensberger findet, dass sie immer noch genauso sanft und klar aussieht wie als Kind. Es scheint, die Zeit habe keine Spuren in diesen Augen hinterlassen, deren heller Ausdruck noch ähnlich fern und entrückt zu sein scheint wie damals. Ihn schaudert. Es ist ein Blick, der vom Tod weiß. Der Blick macht ihm Angst, aber gleichzeitig zieht er ihn hinein in seinen Sog.

»Ich … ich wollte …«

»Mein Vater schläft bereits«, sagt Amelia, die offenbar

nicht vermutet, dass Grabensberger vielleicht sie sehen wollen könnte.

»Ich suche nicht nach Hans Erl«, erklärt er deshalb sofort.

»Ach«, sagt sie erstaunt. »Nun, wollen Sie sich bei einer Tasse Tee aufwärmen? Draußen tobt ja das Unwetter!«

Dankbar nickt Grabensberger und folgt Amelia in das niedrige Bauernhaus. Sie streifen vorbei an Heiligenstatuen und einer Wand, an der ein Hirschgeweih hängt. Grabensberger setzt sich an einen mit Häkeldecke überzogenen Tisch, Amelia holt eine Tasse und stellt sie vor ihn, schenkt ein aus einer Kanne.

»Sagen Sie, sind Sie gut angekommen?«, fragt sie in munterem Plauderton.

»Danke!«

Grabensberger nimmt einen Schluck. Dann gibt er sich einen Ruck. Es hat keinen Sinn, lange herumzuzögern, sagt er sich.

»Liebe Amelia«, beginnt er, »ich möchte Sie nicht belästigen. Aber wir beide sind uns schon einmal begegnet.«

Sie blickt verwirrt. »Freilich, ja!«, sagt sie dann. »Gestern, am Waldweg.« Sie lächelt gewinnend, sodass Grabensberger wieder schlucken muss.

Er schweigt, denn er meint eine andere Begebenheit – doch aus ihm kommen keine Worte. Er hat viel darüber nachgedacht, ob es ihm zustünde, Amelia in ihrer Existenz zu stören, doch der Drang, die Wahrheit über den Mord zu erfahren, ist stärker. »Obwohl es mich nichts angeht, habe ich doch das Gefühl, ich müsste es Ihnen sagen, denn sonst lässt mich das nicht los.«

»Ja?« Ihre Lider klappen unschuldig auf und zu.

»Wohlan«, Grabensberger räuspert sich, »dieser Mord damals im Baumgartnerhaus …«

In Amelias Gesicht bricht etwas zusammen. »Welcher Mord denn?«

»Der, in den Sie als Kind verwickelt waren«, sagt Grabensberger irritiert.

Amelia zuckt auf. »Wissen Sie, man hat nie viel mit mir darüber gesprochen«, murmelt sie. »Es war doch nie klar, ob es ein Unfall war oder nicht. Es ist doch wohl oft besser, die Vergangenheit ruhen zu lassen.«

Grabensberger stutzt. »Wer hat das denn so formuliert?«

»Der Vater«, sagt Amelia schlicht.

»Und Sie waren nie neugierig? Es sind immerhin zwei Männer inhaftiert worden«, sagt er und merkt, wie Wut in ihm hochsteigt.

Amelia sieht ihn erstaunt an. »Ach?«

Grabensberger schweigt kurz. »Ja, ich kenne den Fall«, sagt er dann. »Und mein Gefühl ist, dass die beiden Angeklagten unschuldig waren. Es gab so manchen im Dorf, der Ihre Mutter nicht mochte, allen voran der damalige Dorfpriester.«

Simon!, denkt Amelia und zuckt zusammen.

Stille.

Da richtet sich Grabensberger mit einem Mal auf, kramt in seiner Tasche und zieht einige Zeitungsartikel hervor. Er faltet sie auf dem Tisch auf. Schweigen. Amelias Ausdruck ist erstarrt. Sie räuspert sich, steht dann langsam auf.

»Aber auch ein Bursche namens Sepp, der nicht zurechnungsfähig zu sein scheint …«, fährt Grabensberger fort, doch Amelia spürt, wie Panik sie erfasst. Nein, sie kann, will dies jetzt nicht hören!

»Ich muss Sie nun bitten zu gehen, der gnädige Herr«, sagt sie mechanisch.

Ähnlich mechanisch, fällt es Grabensberger auf, hat sie auch als Kind gesprochen. So als tönten die Worte von weit her.

»Es ist spät, und ich finde, die Vergangenheit sollte man in der Vergangenheit lassen«, erklärt Amelia schließlich.

Auch so ein Satz, den sie auswendig gelernt hat, denkt Grabensberger. Er schluckt, nickt dann. Er hat verstanden, möchte nicht indiskret sein. Mit raschen Schritten geht er zur Tür, die Tasche schulternd. Er hat seine Arbeit getan. Mit bemüht höflichem Ausdruck greift er nach ihrer Hand.

»Schlafen Sie gut«, sagt Amelia noch blutleer, als sie die Tür öffnet.

»Sie auch, Frau Erl.«

Mit diesen Worten entschwindet Grabensberger in die Nacht.

Teil 2

Spurensuche

Abrechnung

Früher

Es war, als hätte das Schicksal diese Abrechnung gewollt. So zumindest beschrieben es die Männer später, wenn man sie auf jene Ereignisse ansprach. Denn Hans Erl, der schnell wie der Wind in Richtung Stadl aufgebrochen war, ritt förmlich in Fuchs und Haas hinein. Die beiden Burschen waren gerade dabei, den Waldweg zu verlassen, als sie kehrtmachten und zu laufen anfingen. Ob sie tatsächlich auf dem Weg zu besagter Hütte waren, sollte niemand jemals erfahren. Eines aber war sicher: Die jungen Männer wussten sofort Bescheid und ergriffen die Flucht.

Der große, hagere Haas war schneller, während der feiste Fuchs zu straucheln begann und seine Mütze von einem Ast hinabgepeitscht wurde. Doch die Männer hatten ihre Pferde, und Wut ist ein treibender Motor. Schnell hatten sie die Burschen umkreist, die sich zitternd nebeneinanderstellten und Erl aus großen, knabenhaften Augen anstierten.

Dessen Augen lagen in tiefen Höhlen, die Falte zwischen den Augenbrauen hatte sich zu einem Dippel ausgewachsen, und da ihm der Bart über die letzten Tage ein wenig gewachsen war, schien es, als hätte er sich in eine Percht verwandelt. Für einen Moment, erzählten sich später die Männer, habe man sogar geglaubt, zwei Hörner auf seiner Stirn aufblitzen zu sehen, doch alles sei so schnell gegangen, und dann war da auch noch der Nebel.

Hans Erl stieg ab und schritt langsam auf die beiden zu, denn er wusste, dass er an einen Punkt gelangt war, an dem nichts mehr passieren konnte. Das Gesindel war sein. Er streckte die Hände aus und griff mit einer nach Fuchsens, mit der anderen nach Haas' Kragen. Dann zerrte er die zwei mit sich und hieb ihre Köpfe mit immenser Wucht gegeneinander. Zwei Schreie ertönten, gefolgt von Haas' erbarmungswürdigem Gewimmer.

»Wir waren's nicht, das Feuer, ehrlich«, stieß er hervor, doch Erl ignorierte ihn.

Er deutete mit einer leichten, raschen Kopfbewegung in Richtung Stadl und befahl seinen Männern: »Fesselt sie und dann bringt sie in die Hütte.«

»Nein!«, rief Fuchs.

»Wir haben das Feuer nicht gelegt«, ereiferte sich Haas, doch die Männer ignorierten die Einwände.

Siegfried kam rasch von seinem Rappen gestiegen und band den beiden die Hände mit einem Strick zusammen.

»Lass los!«, krächzte Fuchs hysterisch, während Haas versuchte, sich mit Tritten in alle möglichen Richtungen zu wehren. Vergebens.

In ein paar Sekunden hatten die Männer die beiden Löter überwältigt.

»Das kann ruhig fest sein«, sagte Erl, als man sie knebelte.

Dann griff er mit der rechten Hand nach dem Schürhaken, der in seinem Binkel lag. Fuchs stieß einen gellenden Schrei aus, der von einem markerschütternden Lachen des Hasses begleitet wurde. Es war Siegfrieds Lachen. Nun hatte auch er Feuer gefangen.

Der Traum

Danach

Nachdem Grabensberger gegangen ist, findet Amelia nur langsam Ruhe. So wird es Nacht. Vor dem Einschlafen erinnert sich Amelia erneut, dass sie von einer Frau geträumt hat, die ihre Mutter oder auch Anna gewesen sein muss. Sie sei eine Hexe gewesen und im Feuer verbrannt worden. Sie erzählt es Erl, der eben wieder aufgewacht ist und in der Küche sitzt.

»Was du immer träumst«, lacht Erl lapidar.

»Dir kann man nichts erzählen«, antwortet Amelia.

»Meinst du«, entgegnet Erl abwesend.

»Früher haben die das wirklich gemacht. Mit Frauen. Hat unsere Magd erzählt«, sagt Amelia plötzlich.

»Wenn du noch einmal so schlecht träumst, dann bete«, sagt Erl einfach und lächelt, doch es sieht traurig und vertrocknet aus.

»Du hast recht«, entgegnet sie.

Kurz herrscht Stille.

»Anna«, fährt Erl schließlich fort, »hätte gebetet.«

»Das hätte sie«, pflichtet Amelia ihm gedankenverloren bei.

Irgendwann seufzt sie auf und nimmt Erl an der Hand. »Jetzt ist aber Schlafenszeit.«

Erl lacht. »Du redest mit mir, als wäre ich ein Kind«, meint er.

Amelia nickt. »Ja, nun gebe ich dir, was du mir gegeben hast, zurück.«

So machen die beiden sich auf in ihre Zimmer.

»Schlaf gut«, ruft Erl ihr nach.

»Du auch«, sagt Amelia.

Sie seufzt insgeheim. Erl kann nicht wissen, dass sie in der letzten Zeit kaum schläft. Weil die Toten sie in der Nacht in ihren Träumen besuchen und sie immer wieder hochschreckt.

In ihren Träumen erzählen die Toten ihr Geschichten. So auch Anna. Es ist dann, als erlebe Amelia das gesamte Leben der Ziehmutter noch einmal. Geburt, Kindheit, Heirat, Adoption, Arbeit auf dem Hof, Tod. Die Farben sind verblichen, aber die Bilder durchdringen Amelia. Manchmal fließend, manchmal ruckartig.

In Amelias Kopf erzählt sich eine Geschichte, wenn sie schläft. Sie sieht dabei oft Annas Gestalt, die Gesichtsform, die sich aus dem lichten Schattenschnitt hervorschiebt, aufflackert, immer wieder. Anna spricht, wenn Amelia schläft. Doch was sie sagt, kann Amelia nicht verstehen. Es ist, als spräche sie eine fremde Sprache oder als sänge sie. Amelia weiß selbst nicht so genau, was es ist.

»Danke«, sagt Erl.

Amelia aber hört ihn nicht mehr.

Und mit einem Mal denkt sie, dass sie sich an ihre Vergangenheit und das Schicksal ihrer Mutter erinnern muss, um aus diesem Wahnsinn herauszufinden.

Rache

Früher

Die Tür des Stadls wurde geschlossen. Man hieß Fuchs und Haas sich auf den Boden zu knien. Im diesigen Licht – nur vereinzelt drang an diesem düsteren Tag ein Sonnenstrahl durch die Ritzen des Häuschens – sah es umso mehr danach aus, als hätten die Männer sich in Perchten verwandelt. In haarige, schwitzende Kreaturen mit riesenhaften Augen und Hörnern.

»Ans Werk«, befahl Erl, den Schürhaken lose in seiner linken Hand haltend.

»Nein, wartet!«, rief er dann aus und sah die Löter an. »Zieht euch aus!«

Sie taten wie ihnen geheißen und schälten sich aus ihren Mänteln, doch Erl konnte nicht an sich halten und begann auf sie einzuschlagen, ehe sie nackt waren. Nun schwappte die Begeisterung auf die anderen über, und sie hieben brutal auf die Gefangenen los. Allen voran Anton, der seiner Wut freien Lauf ließ. Erl sah zu, und er begann, den Schürhaken in regelmäßigen Abständen auf seine Handoberfläche zu klatschen. Das Tempo erhöhte sich in demselben Maße, in dem sein Atem schneller und schneller wurde.

Aus Fuchsens Nase schoss zuerst Blut. Während Roland das pausbäckige Gesicht des Knaben am Boden umherschleifte, machten Franz und Anton sich am hageren Haas zu schaffen. Nun war Erl an der Reihe. Er zog dem Knaben die Hose in die Kniekehlen und holte mit dem Schürhaken aus. Einmal. Ein markerschütternder Schrei ertönte. Erl keuchte, seine Augen funkelten, doch als er erneut zum Schlag ansetzte, war ein knarrendes Geräusch zu hören. Jemand riss die Tür auf. Erl fuhr herum.

Eine Gestalt stand im Eingang des Stadls. Es war der Dorfpriester Simon, der ihnen die ganze Zeit über mit seinem Pferd gefolgt war, denn er hatte keine Ruhe gefunden. Nun sah er Erl am Boden knien, sah den entblößten Körper des Haas, das blutende Gesicht des Fuchs und rundherum – nein, das waren nicht seine Männer, das waren Ungeheuer. Haarige Gestalten, die Speichel im Mund lang zogen. Den Mann Gottes schauderte.

»Haltet ein!«, rief er aus und hob seinen Arm.

Es war still im Stadl. Sogar die Schreie der beiden Burschen waren verstummt.

Simon schritt auf den heftig atmend am Boden kauernden Erl zu und sah ihn mit weit aufgerissenen Augen an. Nein, seine Wahrnehmung musste ihn getrogen haben, redete er sich ein. Das war ein gewöhnlicher Mann, der ihn da anblickte. Ein Mann, dessen Augen sich mit Tränen zu füllen begannen, dessen Unterlippe bebte.

Simon empfand Mitleid mit ihm. Er legte seine linke Hand auf Erls Oberarm. »Lass Gott richten, Bruder«, flüsterte er.

Erl setzte an, etwas zu antworten. Doch aus seiner Kehle drang kein Laut. Es dauerte einige Atemzüge, ehe das Weinen aus ihm herausbrach.

»Es ist«, redete Simon ihm zu, »nicht deine Aufgabe, so viel Verantwortung zu übernehmen. Gott sieht, lieber Erl.«

»Und wo«, rief da der Bauer aus, »wo war Gott, als die Martha im Feuer umkam?«

Simon schwieg.

»Wo?«, insistierte Erl, rappelte sich auf und machte einen Schritt auf den Dorfpriester zu, der aus Angst zurückwich.

»Siehst du«, flüsterte Erl, »du hast keine Antwort.«

Simon sah einen Moment lang zu Boden und atmete tief ein und aus.

»Gott war«, sagte er schließlich, »im Feuer. Und in der Martha. Und in allen.«

Zugegeben, dass Gott in dieser leichtlebigen Hexe gewesen sei, widerstrebte ihm ein wenig. Verzaubert hatte sie stets alle

Männer im Dorf, diese Martha, das wusste er, und er verachtete sie bis heute deswegen. Doch es galt, Erl zu beruhigen, denn in diesem tobte der Wahnsinn der Wut. Da sackte Hans Erl ein wenig in sich zusammen. Simon sah seinen Augenblick gekommen und ging nun noch näher an ihn heran.

»Hans«, flüsterte er und legte Erl die Hand auf die Schulter, »komm zu dir.«

Während die anderen Männer unsicher dastanden und nicht wussten, wo sie ihre Hände verstauen sollten, ließ Erl den Kopf sinken. Es schien ihm, als wäre sein Schädel ein viel zu schwerer Felsbrocken, der auf seinem Nacken saß und sich nicht mehr aufrecht halten ließ.

»Was hast du vor?«, fragte er mit dünner werdender Stimme.

»Der Untersuchungsrichter ist unterwegs«, erklärte Simon.

»Was heißt das?«

»Lass das Recht entscheiden«, sagte Simon einfach.

Hans Erl gab sich geschlagen. Er spürte, wie die Müdigkeit über ihn schwappte, als wäre sie eine Welle. Für einen Moment dachte er an Anna und das kleine Mädchen, die bei ihm zu Hause waren.

»Ja«, nickte er und deutete seinen Männern, von Fuchs und Haas abzulassen.

Der Priester lächelte kaum merklich.

»Na, dann an die Arbeit«, rief Franz und klopfte Hans Erl im Vorbeigehen freundschaftlich auf die Schulter. Dieser aber, von plötzlicher Müdigkeit übermannt, reagierte gereizt.

»Lass mich«, sagte er und zog die Beine an den Bauch heran.

»Warum«, sagte Simon, während er Erl seine Hand darbot, »warum, Bruder, hat Gott Kain am Leben gelassen, als er Abel erschlagen hatte?«

Erl zuckte mit den Schultern und riskierte einen schwachen Blick auf die beiden Kerle, die, zusammengerollt zu zwei wehrlosen Bündeln, am Boden lagen und wimmerten.

»Ja, das ist eine gute Frage!«, ertönte es schließlich.

Erl war der Einzige, der sich abwandte. Er hatte genug von

diesem Geschwätz gehört. Es waren Worte, nichts als Worte. Er war der Worte müde geworden.

Der Priester indes zog die dünnen Lippen zu einem Strich zusammen.

»Er wollte«, erklärte er, »dass Kain mit seiner Sünde lebe.«

Mitleid

Früher

Als der Trupp wieder im Dorf angekommen war, hievte man die beiden Taugenichtse in einen Verschlag. Fuchs hatte eine schwere Verletzung am Hinterkopf, und auf Haas' Hosenboden war getrocknetes Blut zu erkennen. Die beiden, deren Hände festgebunden waren, die Füße jedoch frei, sanken sofort auf den Boden hinab.

Die Männer achteten nicht weiter auf sie. Ein jeder eilte heim, zu Weib, Kind, Arbeit. Nur Erl nicht. Er schlenderte gedankenverloren die Dorfstraße zur Kirche entlang und betrachtete hin und wieder seine Hände, als wären sie ihm fremd.

Simon, den das Mitgefühl wieder übermannte, blieb bei den Gefangenen. Er stellte den beiden einen Krug Wasser und etwas Brot hin, das sie jedoch unberührt ließen. Die Geräusche, die sie ausstießen, waren ihm fremd. Kaum je hatte er jemanden so verzweifelt ächzen und stöhnen gehört. Für einen Moment zögerte er, die Burschen anzureden, doch dann fasste er sich ein Herz.

»Wart ihr's?«, rief er mit einer Mischung aus Erbarmen und Anklage in der Stimme in den Verschlag hinein. Simon wusste selbst nicht, wie ihm geschah. Auf der einen Seite hatte er Martha verachtet, auf der anderen Seite tat sie ihm dann doch leid, da sie so einen grauenhaften Tod hatte erleiden müssen. Und ähnlich ging es ihm nun auch mit den beiden mutmaßlichen Mördern. Gott hatte ihm wohl ein Herz geschenkt, das stets mit allen Mitleid empfand, dachte er und seufzte.

Haas stöhnte leise. Er lag auf dem Bauch und hatte die Beine auf seltsame Weise von sich gespreizt. Offenbar war er nicht fähig, sich zu äußern.

Fuchs indes, der auf dem Rücken lag, sah Simon mit weit aufgerissenen starren Augen an.

»Es hat gebrennt«, sagte er.

Simon konnte sich ein verächtliches Lachen nicht verkneifen. »Ja. Das haben wir gesehen.«

Fuchs richtete sich vorsichtig auf und kroch ein Stück weit nach vorn, um mit zitternden Händen nach dem Wasserkrug zu greifen. Er trank so hastig, dass ihm das Wasser aus dem Mund lief. Fast verschluckte er sich.

»Sachte«, murmelte Simon, nun wieder etwas milder.

»Wir haben mit ihr einen schönen Abend gehabt, das ja«, gestand Fuchs.

Simon merkte, wie ihm diese Aussage bitter aufstieß. »Ein jeder hatte mal einen schönen Abend mit der Hexe gehabt«, sagte er. »Diesem leichten Mädchen, das alle Männer verzauberte!«

Fuchs schüttelte den Kopf. »Nein. Sie war gut zu uns. Hat uns eine Stiche gebn und danach noch bisserl Geld. Aber es hat nicht gereicht. Wir sind noch mal wiedergekommen. Hatten alles vertrunken.«

Simon nickte, und sein linker Mundwinkel zuckte.

»Aber wir haben ihr nichts angetan dann«, rief Haas nun aus.

Fuchs reichte dem Freund Wasser und benetzte seine Lippen und seine Stirn, da er unfähig war, sich zu bewegen.

»Haas hat recht«, bestätigte er. »Sie hat uns rausgeworfen. Sie war wütend. Weil wir sie nicht …« Hier stockte der Knabe und sah zu Boden.

»Weil ihr sie nicht – was?«, wollte Simon wissen.

Stille.

Sprich es aus, dachte Simon.

»Wir haben sie abgelehnt«, brach es schließlich aus Haas heraus.

Simon sah ihn an.

»Wir wollten sie nicht beschlafen«, kam Fuchs ihm zu Hilfe.

Für einen Moment schwiegen die beiden. Dann fuhr Fuchs, als müsse er sich rechtfertigen, fort: »Sie hätt unsere Mutter sein können. Dem Haas seine und meine.«

»Und dann?« Simon ahnte wohl, dass diese Ablehnung einer Frau wie der Baumgartnerin, die schön gewesen und der immer alles zugeflogen war, was sie an Liebhabern ersehnte, nicht gefallen haben konnte.

»Dann warf sie uns wutentbrannt vom Hof«, sagte Fuchs.

»Sie zeterte!«, erklärte Haas mit großen Augen.

Fuchs gab ihm recht. »Nie hab ich ein Weib so toben sehen!«

Simon fixierte ihn ausdruckslos. »Das war's?«, fragte er schließlich, als nichts mehr kam.

Fuchs schüttelte energisch den Kopf. »Dann sind wir wieder los, wollten weitergehen, über den Pass, ins nächstgelegene Dorf.«

»Bei Nacht und Nebel?«, fragte Simon ungläubig.

»Sie hat doch getobt!«, erklärte Fuchs mit aufgerissenen Augen.

»Aber das Wetter«, wandte Haas ein. »Und dann war es doch spät. Und wir müde.«

Simon nickte. Sehr intelligent kamen ihm diese beiden Löter nicht vor. Das verstärkte nur noch seine Sanftheit.

»Und dann?«, fragte er weiter.

»Dann«, sagte Fuchs, »sind wir noch einmal zum Hause der Baumgartnerin zurück, um um Unterschlupf zu bitten.«

»Aber ihr wolltet doch zum nächsten Hof?«, meinte Simon.

»Ja, aber …«

Schweigen.

»Es regnete«, meinte Fuchs da. Simon wusste nicht recht, ob er ihm glauben sollte.

Die beiden Kerle schwiegen für einen Moment.

»Jedenfalls sind wir noch einmal hin«, murmelte Fuchs.

Und Haas fuhr fort: »Und da hat es gebrennt!«

Abendessen

Früher

Es dauerte, bis Erl sich nach Hause wagte. Hatte die Wut eben noch in seinem Bauch pulsiert, so war es dort nun ruhig geworden, während jedoch die Gedanken in seinem Kopf umso schneller hin und her schossen. Immer wieder tauchte vor seinen Augen das Bild des brennenden Hofes auf, quergeschnitten mit dem weit aufgerissenen Blick des feisten Fuchs, den verbissenen Lippen des geprügelten Haas. Und da war noch eine Erinnerung. Doch diese entglitt ihm immer wieder. Es ließ sich nicht greifen; immer kurz bevor Erl sich dessen bewusst wurde, was es war, kurz bevor er es in Gedanken scharfstellen konnte, war es wieder verschwunden. So wurde es Abend, ehe er heimkehrte. Der Mond schien bereits hell.

Anna hatte Essen gekocht und saß mit der kleinen Amelia am Tisch. Stumm gesellte Erl sich zu ihnen hinzu.

Sie aßen schweigend. Erl sah aus den Augenwinkeln, dass Anna Amelia beobachtete, die ihr Essen nicht anrührte.

Schließlich wollte er dem Mädchen einen Löffel in den Mund schieben, doch Anna verhinderte es mit einem strengen Blick.

Erl griff nach dem Brot und kaute wütend. »Ein Stück Brot«, sagte er zu Amelia, »muss man küssen, bevor man es isst. Kennst du diesen Spruch?«

Amelia schüttelte den Kopf.

»Ich hab Zeiten großer Armut erlebt«, fuhr Erl fort, der sich über die Wut, die nun doch zu ihm zurückgekehrt war, über alle Maßen freute. »Da war uns jede Brosame etwas Kostbares. Keine durfte verloren gehen. Weißt du, Amelia, was das heißt?« Er klopfte wütend auf den Tisch.

Anna sah ihn traurig an. »Lass das Mädchen in Ruhe«, sagte sie.

Erl blickte kurz in Annas breites Gesicht mit den hohen Wangenknochen und nickte, zur Vernunft kommend. Was war nur in ihn gefahren? Er verstand den Schmerz des Kindes.

Alles war fremd und neu für Amelia. Einzig die halb verkohlte Puppe ließ sich noch herzen, das Letzte, was sie an ihr ehemaliges Zuhause erinnerte.

»Ich will, dass sie eine Familie hat«, flüsterte Anna später, als das Mädchen längst aufgestanden und zu Bett gegangen war. Sie stellte keine Fragen, sie wollte nicht hören, ob die angeblichen Täter gefasst worden seien und wie es Erl damit gehe. Sie sagte nur diesen einen Satz und sah ihren Mann dabei mit geradem, wachem Blick an.

»Ich will, dass sie eine Familie hat«, wiederholte sie sanft und klar.

Bald würde der Kienspan abgebrannt sein. Ob Erl heute Schlaf fände, an ihrer Seite, in ihren warmen, weichen Armen? Sie war so stark und sicher und er so ruhelos und traurig. Das tat ihm manchmal weh. Erl betrachtete seine Frau, mit der er so viele Jahre ein kinderloses Bett geteilt hatte, lange und aufmerksam, und es gefiel ihm, wie die Wut in seinem Bauch nach und nach verrauchte. Dann griff er nach ihrer Hand und nickte.

Als Anna ins Schlafzimmer ging, sah sie, wie Erl noch einmal die Stube verließ, mit einem Jutesack, den er von seiner Jagd nach den beiden Lötern mitgebracht hatte. Sie seufzte. Ihr Mann war verstört. Aber wen wunderte es?

Familie

Danach

»Denkst du nicht manchmal darüber nach?«, fragt Hans Erl an einem dieser Tage nach dem Abendessen.

»Worüber denn?«, will Amelia wissen, die stumm ins Leere starrt.

Erl, der sich gerade eine Scheibe Brot an den Tellerrand gelegt hat, blickt sie mit großen Augen an. »Eine Familie«, sagt er.

Amelia versteht nicht recht. Sie hängt seit Tagen ihren eigenen Gedanken nach, erinnert sich an Anna, versucht, die Alpträume zu verstehen, und hofft, dass sie bald nach Wien zurückkehren kann. Hier ist sie zu nichts zu gebrauchen, denkt sie. Eigentlich wollte sie für ihren Vater da sein, doch es kommt ihr so vor, als würde sie ihn nicht erreichen und als wäre ihre Anwesenheit sinnlos.

Soll sie zurückfahren? Sie bläst doch den ganzen Tag nur Trübsal, und in Wien könnte sie wieder Fleisch klopfen, Tischdecken glatt streichen, in Wien hätte der Tag eine Struktur und eine Kindlichkeit.

»Eine Familie«, wiederholt Erl, der vom Brot abbeißt.

Amelia zuckt kurz zusammen, weil ihr jedes Wort laut vorkommt im Moment.

»Du bist meine Familie«, entgegnet sie.

Erl aber lässt nicht locker. Er greift nach der zarten, von leichtem blonden Flaum bedeckten Hand der Ziehtochter und blickt sie eindringlich an. »Wenigstens einen Mann, wenn schon keine Kinder?«, fragt er.

Amelia weicht seinem Blick aus. »Ich hab doch alles, was ich brauch«, sagt sie und lächelt.

Erl geht an diesem Tag früh schlafen. Amelia jedoch findet keine Ruhe. Sie streift durchs Haus auf der Suche nach einer Erinnerung an Anna.

Sie sucht eine Antwort. Eine Antwort auf all die seltsamen Bilder, die ihr im Kopf herumgehen. Eine Antwort auf diese Zustände der Machtlosigkeit, in der sie gegen Wände sinken, in sich selbst zusammenklappen möchte.

Schließlich fällt ihr das alte Schlafzimmer ein.

Amelia steigt die knarrende Treppe in die Höhe. Es ist, als würde dieses Haus leben. Es ist, als würde es versuchen, zu ihr zu sprechen. Als würden die Toten aus den Wänden hervorbrechen, Schattenwesen der Nacht, und sie verfolgen, sich in Perchten, in Monster verwandeln, die ihr an die Kehle wollen.

Amelia betritt das Zimmer. Nein, denkt sie, da ist nichts. Friedlich wie immer liegt Annas schlichtes Bett mit dem Blümchenbezug vor ihr, daneben noch die Lade mit dem Nähzeug. Erl ist nach Annas Tod in den ersten Stock ins Gästezimmer geflohen. Amelia betrachtet das Bild, das über dem Ehebett hängt und eine einfache Tiroler Berglandschaft zeigt, idyllisch, friedlich. Ein Sonnenaufgang von einer Sorte, von der sie, Amelia, wohl Tausende gesehen hat.

Nachts kann Amelia nicht schlafen. Sie dreht und wälzt sich im Bett hin und her. Ihre Gedanken rotieren, sind laut und aufdringlich. Wer ist es tatsächlich gewesen, wer hatte ihre Familie auf dem Gewissen? Waren es am Ende tatsächlich nicht die beiden Löter gewesen? Hatte Simon am Ende …? Ein Schauer läuft ihr über den Rücken. Schließlich steht sie auf, steigt die quietschende hölzerne Treppe hinab in die Küche und geht zur Anrichte. Zögerlich öffnet sie den Schrank, in dem der Mistkübel steht, und beginnt über ihn gebeugt, darin zu wühlen. Hier irgendwo müssen sie sein, die seltsamen Artikel, die Grabensberger ihr dagelassen und die sie in ihrer Wut zusammengeknüllt und weggeworfen hat.

»Gerichtsverhandlung: grauenhafter Mord im Tal Stumm. Zum ersten Mal in der Geschichte wird ein vierjähriges Mädchen verhört: Amelia Baumgartner.«

Sie stockt. Ihr Mädchenname. Das war es also, worauf Grabensberger angespielt hatte. Amelia versucht sich zu beruhigen. Die Fragen aber kreisen in ihrem Kopf. Warum haben Anna und Erl nie mit ihr über dieses Ereignis geredet? Es sei besser, die Vergangenheit ruhen zu lassen, hatte Anna gemeint, und Erl hatte ohnehin kaum gesprochen, genau so, wie er heute noch nicht gern spricht. Ob ihre Alpträume mit dem Mord an der Mutter zu tun haben? Amelia kann sich nicht erinnern. Auch Bilder an eine etwaige Gerichtsverhandlung hat sie keine. Sie schwankt kurz; die Sicherheiten scheinen ihr zu entgleiten. Für einen Moment schließt sie die Augen, liest dann aber atemlos weiter. Hastig fährt ihr Blick über die Zeilen:

»Priester Simon bringt ein Messer zu Gericht. Es wird als das vom Haas erkannt. Eduard Hofer, kleiner Krimineller aus München, erkennt das Messer als das von Haas. Fuchs habe auch eines gehabt.«

Sie hält inne. Wie eigenartig. Simon also war es, der das Messer brachte! Aber was beweist das schon? Amelia denkt nach. Dass ich das alles erlebt haben muss, sagt sie sich. Dann greift sie nach dem nächsten Artikel:

»Georg Fuchs, verm. Mörder und Krimineller aus München, schreibt mit einem Nagel in eine Holzschüssel: ›Fuchs Georg von München sitzt hier in Untersuchung vom 15. Oktober 1889 bis März 1890 wegen Raubmord vom Zillertal, aber leider unschuldig. Ich habe ein Tuch gestohlen bei einem Bauern, da sagen die, wo diese getötet worden sind, dies war ihrer Tuch, und bis wo wir es gestohlen, haben sie gesagt, es war ihr Tuch nicht. Diese Schafsköpf, diese verlogenen, das ist eine Bande. Fuchs Georg‹. Am 11. Juni 1890 legt Fuchs sein Geständnis ab.«

Amelias Gedanken kreisen. Was um alles in der Welt hat Grabensberger geritten, ihr diese Artikel zu geben? Sie versteht nicht. Doch etwas in ihr will jetzt die Wahrheit wissen. Und so liest Amelia weiter:

»Alois Haas, verm. Mörder und Krimineller aus München, legt im Anschluss ebenfalls ein Geständnis ab. Es weicht an einigen Stellen vom Geständnis des Fuchs ab. Er gibt auch an, das Pinzgermesser gestohlen zu haben. Dies wurde bei ihm gefunden.«

Anna schluckt, versucht zur Ruhe zu kommen. Es ist gut, alles ist gut, sagt sie sich und liest weiter:

»Beide Geständnisse weichen leicht von den Tatsachen ab, die Sachverständige gefunden und ausgewertet haben. Darauf angesprochen geben die beiden jeweils mit einem leisen Ja zu verstehen, dass sie die Tat so begangen hätten, wie die Sachverständigen diese hergeleitet haben, und weichen somit von ihrer ursprünglichen Aussage ab.«

Amelia schwirrt der Kopf. Sie schließt die Augen, doch auch das bringt keine Linderung. Da ist es wieder: das Flackern, das sie in den letzten Tagen so oft heimgesucht hat. Es zittert und züngelt vor ihrem Blick. Das Bild aus ihren Alpträumen, das sie immer bedrängt. Jetzt, endlich, kann sie es erkennen.

Es ist Feuer.

Die Puppe

Früher

So verging der nächste Tag, und es wurde Abend. Fast schien es, als würde es in Stumm nun doch wieder stiller werden.

Erl saß neben dem Fenster in der Stube und rauchte Pfeife, während Anna Amelia das Bett bereitete. Sie summte für Amelia »Still, still, still, weil 's Kindlein schlafen will«.

Behutsam bettete Anna das Mädchen zwischen die Kissen. Amelia sah aus, als wäre sie mit ihren Gedanken weit entfernt, gleichsam nach innen gerichtet. Sie senkte den Blick aus den hellen Augen, schob sich eine der blond gelockten Strähnen aus dem Gesichtchen, drehte sich auf die Seite und lag mit offenen Augen da. Fest drückte sie ihre verkohlte Puppe an die Brust, kaum dass Anna gegangen war.

Irgendwann betrat Erl das Zimmer. Amelia spürte ihn atmen, und sie spürte, dass er es war. Es war eine seltsame Form des Erkennens, denn natürlich konnte sie ihn mit ihrem Rücken nicht sehen. Vorsichtig machte Hans Erl ein paar Schritte auf sie zu und setzte sich im Halbdunkeln an den Bettrand. Er schwieg für einige Momente, doch dann fuhr er ihr sanft und unbeholfen über den schmalen kleinen Rücken.

Amelia blieb reglos liegen. Sie traute sich nicht, zu atmen. Der Griff um ihre Puppe verhärtete sich.

»Lass mich dich umarmen«, flüsterte Erl, seine Stimme brüchig. Er hatte das Gefühl, sein Gesicht würde auseinanderfallen, würde mit jedem Atemzug mehr und mehr an Kontur verlieren, bis nichts mehr von ihm übrig war.

Als er die verkrampften Finger um die Puppe herum sah, versuchte er, Amelia ihr Spielzeug abzunehmen. Aber der Griff war zu fest.

»Die ist kaputt«, sagte Erl bemüht freundlich, und doch

schmerzte jedes Wort in seinem Rachen. »Morgen besorge ich dir eine neue.«

Er hörte Amelia atmen und wagte nicht, zu fest an dem verkohlten Stofffetzen zu zerren. Da passierte das Unglaubliche: Das Mädchen ließ es geschehen.

Plötzlich, sanft und kaum merklich, löste sich der Griff, und die Puppe lag in Erls kerbigen Händen. Es war das erste Mal seit dem Mord, dass über Erls Gesicht ein kurzes Lächeln huschte. Zart wie das kurze Aufflackern eines Streichholzes war es, und doch war es das Erhellendste, was in dieser Stube seit Langem passiert war.

Erl stand auf. Auf einem Regal neben dem Eingang verstaute er das verkohlte Bündel. Das Kind sollte die Vergangenheit ruhen lassen, dachte er.

Dann löschte er, als wäre nichts geschehen, die Öllampe und verließ den Schlafraum. Amelia blieb allein zurück. Sie verharrte noch einige Sekunden in einer Art Schockzustand. Dann jedoch setzte sie sich auf. Sie blickte in die Dunkelheit zu ihrer Puppe, die nun weit entfernt auf dem Regal saß. Leise und ein bisschen wehmütig, wie man eine alte Erinnerung ansah. Danach legte sie sich schlafen.

Sepps Vermächtnis

Danach

Am nächsten Morgen begegnet Amelia bei einem Spaziergang mit Erl der Dorfidiot Sepp.

Er deutet auf Erl und sagt: »Blut, brennen. Simon ist tot. Und mit dem Teufel.«

Amelia versteht nicht ganz. Hat Sepp tatsächlich gerade den alten Dorfpfarrer erwähnt? Sie lächelt, um mehr zu erfahren.

»Sepp«, sagt sie, »wer ist was?«

Doch als sie den Blick zur Seite wendet und Hans Erls Gesicht gewahr wird, fährt ihr aus irgendeinem Grund ein tiefer Schreck in die Glieder.

Sepp indes will sich aus dem Staub machen.

»Halt!«, ruft Amelia und läuft ihm nach.

Früher hat sie dem Sepp hin und wieder ein paar Schnürsenkel geschenkt oder einen Knopf, der sich von ihrem Mantel gelöst hatte. Sepp spielte damit gern, und Amelia hegt die Bilder dieser Erinnerung noch heute.

»Ich hab ein Knöpfchen für dich!«, ruft sie.

Sepp dreht sich aber nur kurz um, bevor er im Dickicht verschwindet. *»Du bleibst doch immer, was du bist!«*, ruft er und sieht Hans Erl für einen Moment an. »Ja, das sagt der Teufel«, fügt er hinzu.

Dann ist er verschwunden. Amelia blickt den zitternden Erl an.

»Gräme dich nicht«, meint Erl. »Er redet stets wirr.«

Amelia nickt, doch ihre Mundwinkel zucken nach unten. Es ist, als schlucke sie schwer an ihrem eigenen Atem.

Nachmittags, während Erl sich zur Ruhe legt, stöbert Amelia weiter in den Notizen von Grabensberger.

»Local- und Provinzial-Chronik. Kaltenbach, 13. October 1889. Ein grässlicher Raubmord ist heute früh in Arnbach, in der Gemeinde Stumm, im so genannten Baumgartnerhaus – einem abgelegenen Wirtshause – verübt worden. Als die Leute zum Frühgottesdienste gingen, bemerkten dieselben im Baumgartnerhaus einen auffallenden Rauch.«

Amelia schließt die Augen. Wieder zuckt es für einen Moment hinter ihren Lidern. Was ist das? Sie versucht, sich auf das Bild zu konzentrieren, aber es entgleitet ihr in demselben Maße, in dem es immer wieder vor ihr aufblitzt. Sie atmet tief ein und aus. Dann liest sie weiter:

»Die Türen waren versperrt, und als man endlich durch ein Fenster eindrang, bot sich ein schrecklicher Anblick dar. Der Hausflur war voll Blut, und in der Küche lagen die vier brennenden Leichname der Wirtin Baumgartner, ihrer Tochter Martha Baumgartner sowie ihrer Enkelin und ihres Enkels.«

Das Bild der Schwester, das sie nur noch von Fotos hat, schießt Amelia in den Kopf. Sie schließt wieder die Augen. Für einen Moment glaubt sie, eine Erinnerung in sich zu finden, die Bewegung von Händen, die hell sind und von ein paar wenigen Sommersprossen gesprenkelt, doch es kann sein, dass sie sich täuscht.

Der kleine Max, denkt sie.

Ob sie eine eifersüchtige Schwester gewesen ist? Amelia denkt nach. Zwischen ihr und dem Bruder waren drei Jahre, und die Kinder, die sie bei sich im Hause mit bekocht, liegen in etwa genauso viele Jahre auseinander. Der Ältere, ein Junge mit rötlichem Haarschopf, hat die Schwester sogar von der Bettbank geschmissen, weil er sie für einen Gegenstand hielt, erinnert sich Amelia. Für einen Moment muss sie schmunzeln, obwohl die Situation überhaupt nicht lustig ist. Sie liest weiter:

»Ein dreijähriges Mädchen ist auf unerklärliche Weise durch ein Fenster entflohen …«

Ich, denkt Amelia und merkt, wie ihr nun doch der Atem

stockt, das war ich. Und fährt fort, sei es aus Neugier, sei es, um die Sache nun möglichst schnell hinter sich zu bringen:

»... und kam dann ins Dörflein Arnbach; man konnte jedoch von demselben nur die Worte ›Mutter tot, Blut, brennen‹ vernehmen.«

Sie schließt die Augen wie jemand, der einen Schmerz begreift, der immer schon da gewesen ist. Das also ist es, denkt sie. Das, worüber man bei ihnen zu Hause nie gesprochen hat. Und nicht nur Erl. Auch Anna hat sich über die Vergangenheit ausgeschwiegen.

Amelia faltet die Hände im Schoß und wartet auf ein Gefühl. Wartet, dass der Schock wiederkommt, die Bilder der Flammen, wartet, dass die Handteller schweißig werden. Doch da ist nichts.

Nichts als eine Art Lähmung.

Amelia kramt in ihrem Kopf nach einer Erinnerung an die Mutter. Vergebens. Keine Bilder sind geblieben. Für sie ist immer Anna die Mutter gewesen. Und auf einmal tut es wieder weh: Anna, der Verlust. Ein Verlust, den sie erleben und erleiden kann. Aber den Verlust ihrer Mutter nicht. Er wird für immer ein Geheimnis für sie bleiben.

Lange betrachtet sie ihre Hände und fühlt sich auf eigentümliche Art und Weise beruhigt, sie weiß selbst nicht, warum. Vielleicht, weil das Feuer, das immer im Hintergrund loderte, nun ausgebrochen ist, denkt Amelia. Und: Es ist Zeit, Frieden zu finden.

Als Amelia bei Grabensberger anklopft, ist sie aufgebracht und nervös. Dieser öffnet die Tür. Er sieht ein wenig müde aus, und sie merkt sofort, dass sie ungelegen kommt.

»Frau Erl!«, ruft er aus, reibt sich die Augen.

Amelia senkt den Blick. »Verzeihen Sie, wenn ich störe«, sagt sie. »Ich kann freilich –«

»Aber nein, nur herein«, entgegnet Grabensberger.

Sie betritt das Bauernhaus. »Oh«, ruft sie aus, »da haben Sie aber schon einiges verändert und ausgebaut!«

Grabensberger lächelt und bittet sie, in einer Nische Platz zu nehmen, in der ein kleiner Tisch steht. »Es tut mir leid, dass ich Sie neulich überfallen habe«, sagt er und stellt einen Teller mit Bauernkrapfen neben einer dampfenden Kanne Kaffee auf den Tisch.

Amelia schüttelt den Kopf. »Nein«, entgegnet sie. »Das war kein Überfall. Ich möchte es wissen. Möchte es jetzt wissen. Was treibt Sie an? Warum nur haben Sie mir diese Artikel gegeben?«

»Ich dachte, Sie wollen die Vergangenheit ruhen lassen?«, sagt Grabensberger.

Amelia seufzt. »Ja, vielleicht ist es die Einsamkeit hier … Es gibt keine Arbeit, kaum etwas zu tun … Etwas bewegt mich!«

Grabensberger sieht sie verständnisvoll an. »Nun«, sagt er und hält dann für einen Moment inne, »der Fall hat mich lange beschäftigt. Ich habe mich immer gefragt, wer der tatsächliche Täter war. Meiner Meinung nach sind die beiden Löter unschuldig gewesen.«

Amelia nickt. »Man hat mir nie viel über meine Vergangenheit erzählt. Ganz bestimmt, um mich zu schonen. Wissen Sie, Anna, meine Ziehmutter, war eine sehr liebevolle Frau.«

»Es tut mir leid, dass Sie sie verloren haben.«

Amelia nickt wieder. »Ja. Mir auch.«

Für einen Augenblick herrscht Schweigen.

»Wissen Sie«, fährt Grabensberger dann fort, »ich denke, dass man ein Recht auf seine Vergangenheit hat.«

»Das kann ich verstehen«, sagt Amelia. »Je älter ich werde, desto klarer merke ich auch, dass da etwas Fremdes in mir ist … Es sieht aus wie … Feuer«, murmelt sie und wischt sich müde über die Lider.

In dem Moment kriecht eine Ahnung in ihr hoch.

»Denken Sie, dass man nicht nur geschwiegen hat, um mich zu schonen …?«

Grabensberger blickt zu Boden. »… sondern weil der tatsächliche Mörder ein anderer war?«, fragt er.

Wieder Stille. Amelia merkt, wie sie innerlich abrutscht. Ihr Leben scheint ihr Stück für Stück zu entgleiten.

»Ja«, flüstert Grabensberger. »Das fürchte ich fast.«

»Simon, der Dorfpfarrer?«, wispert sie matt.

Erneutes Schweigen. Amelia betrachtet ihre Fingerknöchel, sieht die Falten auf ihrer Hand, die von der Arbeit im Haushalt kommen. Mit einem Mal erinnern ihre Hände sie an ihren eigenen Tod. Älter ist sie geworden. Amelia merkt, dass sie nicht sterben möchte, ohne zu wissen, woher sie kommt.

Der Dieb

Früher

Sepp schlich sich durch das Dorf in Richtung des Hauses von Erl und Anna.

Bald, so wusste er, würde der Tag wieder beginnen, und geschäftiges Treiben würde die Gassen und Straßen erfüllen. Pflüge würden geschirrt, Zugtiere eingespannt werden, damit sie die Geräte ziehen konnten. Nicht jeder besaß einen steilwendenden Sturzpflug, das neueste Modell. So viel wusste Sepp, der sich sonst nur mit der Bibel und anderen Texten auseinandersetzte, von seinem Stiefbruder. Der Sturzpflug besaß ein Streichblech, das über eine zylindrische, schräg gestellte Form verfügte, die den gepflügten Erdstreifen um seine Querachse bog und so brach und krümelte.

Eine für diese Morgenstunden typische Schwere hatte begonnen, sich auf das Dorf zu senken. Es waren die letzten Stunden der Stille, bevor wieder ein anstrengender Tag anbrach.

Sepp betrat die neben dem Haus vom Erl liegende Vorratskammer und sah sich um. Er griff nach einem schönen Stück Speck und nahm es vom Haken. Der Haken fiel zu Boden. Rasch duckte sich Sepp und ergriff die Flucht. Nicht dass er verfressen gewesen wäre. Im Gegenteil. Als er noch kleiner gewesen war, hatte die Mutter immer wieder versucht, ihm Milchbrei einzuflößen, hatte versucht, ihr armes missratenes Kind, das sich nur für die Strukturen von Steinen zu interessieren schien, zu nähren, zu füttern, zu hegen. Doch Sepp war stets weggelaufen, hatte die Milch erbrochen, hatte begonnen, mit dem Oberkörper hin- und herzuwippen. Nein, Hunger hatte er keinen – dieser Speck war für jemand anderen bestimmt.

Amelia erwachte von dem leisen Geschepper in der Stube. Sie stand auf und blickte aus dem Fenster. Da sah sie Sepp davoneilen.

Er drehte sich kurz um und blickte ihr in die Augen. Amelia sah ihn an und nickte.

Dann ließ sie ruckartig ihre neue Puppe fallen, die Anna ihr gegeben hatte, ohne zu wissen, wie ihr geschah, und lief Sepp nach, dessen Worte so schön geklungen hatten damals – wie lang mochte es her sein? Egal, jedenfalls damals, auf dem Dorfplatz.

Sepp war mit seinem schönen Stück Speck auf dem Weg zu den Gefangenen, und er ahnte nicht, dass Amelia ihm im Nachthemd nachgelaufen war. Er zählte die Steine, die sein Fuß traf, und betrachtete hin und wieder die Gebilde der Wolken, die sich stets neu formierten, was ihn verstörte und ängstigte, ihm jedoch auch spannend erschien.

Schließlich hatte er den Verschlag erreicht. Er stahl sich hinein, den beiden jungen Männern eine gute Gabe vorbeizubringen. Sie, die er zufällig hier in seinem Geheimversteck gefunden hatte und die er schon von ihrem ersten Besuch im Dorfe her kannte, hatten ihm die schönsten Bücher der Welt dafür versprochen.

Amelia spürte die Kälte nicht auf ihren bloßen Sohlen, so neugierig war sie, zu erfahren, was Sepp wohl mit dem geräucherten Fleisch ihrer Anna tun wollte.

Zaghaft schlich sie an das Häuschen heran, in dem Sepp verschwunden war, und beobachtete die beiden Gefangenen durch einen Ritz in der Holzverkleidung des Verschlages beim Essen.

Da saß ein kleiner Mann mit blondem Haar und großen Augen, dessen linke Gesichtshälfte leicht verschwollen war, neben einem zweiten, der hager und müde aussah.

In diesem Moment wurde sie von hinten gepackt.

Ihr stockte der Atem. Sie drehte den Kopf zur Seite, und da erblickte sie Erl.

Er zog sie hinter sich her zurück zu seinem Haus und seiner Frau Anna.

»Du sollst doch schlafen, mein Kind«, sagte er streng. »Schlimm genug, was passiert ist!«

Anna wartete bereits an der Haustür. Wie immer war ihr Blick offen und gütig. Auch jetzt schien sie bei sich, schien frei von zu großer Sorge zu sein. Sie nahm Erl das blonde kleine Mädchen, das in seinem Hemd wie ein Engelchen aussah, ab und hub an, mit sanfter Stimme zu singen, während sie die Kleine in den Armen wiegte.

»Still, still, still, weil 's Kindlein schlafen will.«

»Das hat mir die Mutter gesungen, weihnachtens immer«, wisperte Amelia und begann mit Annas Haar zu spielen.

Anna lächelte sanft. »Tatsächlich? Kannst du mitsingen?«

Amelia schüttelte verneinend den Kopf. »Sing du«, sagte sie.

Anna fuhr also fort. »Still, still, still, weil 's Kindlein schlafen will.«

Indizien

Danach

Amelia liegt nachts wach und denkt nach. Die Vergangenheit lässt sie mit einem Mal nicht mehr los. Wie eine Süchtige, die nicht anders kann, als ihrer Abhängigkeit zu gehören, steht sie auf und geht in das alte Schlafzimmer von Anna und Hans. Sie beginnt zu suchen. In einer Lade entdeckt sie eine verkohlte Puppe. Ärmlich sieht das Spielzeug aus, improvisiert zusammengenäht aus einem Sack und ein paar Wollfäden, und sie trägt ein Kleidchen mit karogemustertem Rock. Die Mutter mag es gewoben haben, denkt Amelia und merkt, wie ihre Augen feucht werden. Denn es scheint, als wäre dieses Wesen Zeuge des Mordes, als wäre es eine der letzten Spuren aus ihrer Kindheit. Und sie fasst einen Entschluss. Sie muss wissen, ob der alte Dorfpfarrer Simon, den sie noch gekannt hat, ihre Mutter auf dem Gewissen hat.

Am nächsten Morgen bricht Amelia gemeinsam mit Grabensberger nach Innsbruck auf, um ein Archiv zu durchstöbern. Er hat seine Kutsche neben dem noch sehr verfallenen Landhaus platziert, begrüßt sie mit einer gewinnenden Herzlichkeit, die Amelia die Angst nimmt.

Galant öffnet er die Tür zur Kutsche, und sie nimmt Platz. Amelia scheint es für einen Moment, als würde sie in dem glänzenden Leder des Sitzes verschwinden. Klein kommt sie sich vor, klein und so, als hätte sie keine Haut. Sie betrachtet Grabensberger aus den Augenwinkeln. Dass sie unter anderen Umständen erfreut wäre, mit so einem attraktiven Mann einen Ausflug zu machen, denkt sie. Auch wenn Grabensberger um etwa fünfzehn Jahre älter als sie sein mag. Die Falten in seinem Gesicht sind schön, sind wie kleine Täler, in denen sich der

Blick ausruhen kann. Amelia liebt Täler, denn sie erzählen von ihrer Kindheit.

Kindheit. Das war das Wort. Wieder klafft das Loch in ihr, die Vergangenheit als großes Fragezeichen, aus der nur ein einziges Bild steigt, nein, kein Bild, eher ein Gefühl: Feuer, Feuer.

Bald schon stehen Grabensberger und Amelia in einem riesigen barocken Saal und starren ein Deckengemälde an. Das Stadtarchiv. Ein älterer Mann mit Nickelbrille führt sie in ein Hinterzimmer, bedeutet ihnen zu warten und rollt dort einen Schrank auf. Amelia ist begeistert.

»Den kann man ja begehen!«, ruft sie aus.

Grabensberger nickt und lächelt. Er freut sich, dass sich die Miene der zarten Frau ein wenig erhellt.

»Haben Sie so etwas noch nie gesehen?«, fragt der Archivar.

»Nein!« Amelia schüttelt den Kopf.

In diesem Moment scheint sie wieder das kleine Kind zu sein, das Grabensberger mit engelsgleichem Antlitz begegnet ist. Er merkt, wie er schmunzeln muss. Ihm gefällt es, dass Amelia so begeisterungsfähig ist. Auch er findet die begehbaren Schränke freilich spannend. Am liebsten würde er sich zwischen die Bücher stellen und Amelia die Reihen wieder zuschrauben lassen. Und dann einmal eine Woche nur lesen. Mit der Sprache und vor allem mit den Worten, dem Dokumentieren und Protokollieren von Worten, hat er immer gespielt, Freude daran gehabt. Es war und ist seine Welt.

»Also los«, sagt er, sanft und gleichzeitig tatkräftig.

Zögerlich beginnt Amelia, die Akten durchzugehen.

»Es sollte im Bereich C30 stehen«, erklärt Grabensberger.

Amelia blickt sich um, beugt sich dann nieder. »Hier sollte es sein!«, ruft sie aus.

Sorgfältig übereinandergeschichtet stehen einige weitere Artikel, die schon ein wenig vergilbt aussehen, in eine schwarze Mappe geheftet am unteren Rande der aufrollbaren Bibliothek.

Amelia beginnt zu lesen. Und schon bald stolpert sie wieder über ihren eigenen Namen.

»Das Mädchen konnte nur die Worte ›Mutter tot, Blut, brennen‹ herausbringen. Es sind somit sämtliche Insassen des Hauses, mit Ausnahme dieses entflohenen Mädchens, durch Mörderhand umgekommen. Die Täter sind wahrscheinlich zwei junge Handwerksburschen. Alle Kästen im Hause waren offen. Die Strolche haben offenbar zuerst den Mord verübt, sodann den Raub ausgeführt und zuletzt das Haus in Brand zu stecken versucht«, liest sie mit stockender Stimme vor.

Da zuckt es wieder hinter ihren Lidern, es brennt, rauscht.

»Sind Sie in Ordnung?«, fragt Grabensberger, da Amelia ein wenig nach hinten sinkt.

»Ja«, lügt sie.

Amelia schüttelt den Kopf. Seltsam, dass es hier um sie geht. Sie kann es nicht begreifen. Mit einem Mal entgleitet ihr wieder alles. Ihr Leben scheint ihr fremd.

Zitternd liest Amelia weiter:

»Zell am Ziller, 14. Oktober 1889. Seit gestern ist ganz Zillertal wegen des im sog. Baumgartnerwirtshäusl in Arnbach verübten vierfachen Raubmordes in Aufregung. In diesem am Fuß des Stummerbergs gelegenen …«

Stille. Amelia schluckt. Ihre Augen spielen im Moment nicht mit, rollen unkontrolliert umher. Grabensberger übernimmt das Lesen:

»Wahrscheinlich wurden die drei älteren Personen erstochen und dann verbrannt und das Kind, das vielleicht geschrien hat, von den Mördern an die Schlafkammerwand geschlagen.«

In Amelias Kopf jagt eine Frage die andere. Wer kann so etwas tun? Sie versucht sich die kleine Ella vorzustellen, die bei Wurzelhofers, bei denen Amelia längere Zeit als Mädchen gearbeitet hat, in der Wiege lag. Der helle Flaum auf dem noch nicht zugewachsenen Hinterkopf. Ihr wird schlecht.

»Das Kind mit dreieinhalb Jahren duckte sich unter das

Laken und rührte sich nicht, bis die Raubmörder sich wieder fortgemacht hatten.«

Amelia atmet schwer. Wer, denkt sie wieder, als sie erneut ihre Augen schließt, tut so etwas nur? Wer? Sie lehnt sich gegen die Wand und versucht, einen klaren Gedanken zu fassen. Gleich würde sie wieder etwas fühlen. Etwas wie Ruhe, Beschwingtheit. Sie atmet langsam ein und aus. Dann liest er weiter:

»Aus dem Gerichtsaale. Innsbruck, 11. Juni. Nun betritt die kleine Amelia Baumgartner den Verhandlungssaal, geführt von ihrem Ziehvater Hans Erl. Eine allgemeine Bewegung ging durch den Zuschauerraum.«

Das ist nicht wahr, denkt Amelia, sie haben mich tatsächlich aussagen lassen vor Gericht! Unglaublich, wie konnten sie nur? Ein kleines Mädchen, das noch nie in der Stadt gewesen ist. Fremd, getrennt von sich fühlt sich jedoch dieses Kind an, als würde es gar nicht zu ihr gehören, als wäre es etwas wie ein Stein, den man am Wegrand aufliest und betrachtet.

Amelia drückt ihre Finger zusammen, bis sie sich stark genug fühlt, wieder selbst weiterzulesen:

»Das Kind antwortete auf die vom Vorsitzenden gestellten Fragen ziemlich kurz und präzise. Es sagte unter anderem auch, ›die Löter haben die Mutter verbrannt, die Mutter hat geschrien: Helft mir!‹«

Amelias Augen füllen sich mit Tränen. Grabensberger greift nach ihrer Hand.

»Sollen wir gehen?«, fragt er.

Amelia aber schüttelt den Kopf. »Nein«, entgegnet sie. »Das Leben ist kurz. Man hat ein Recht auf die Wahrheit.«

»In Ordnung.«

Sie setzen sich auf eine gepolsterte Bank im linken Flügel des Archivs. Nun ist es wieder Grabensberger, der dankenswerterweise das Lesen übernimmt:

»Im Übrigen bestätigte es alle seine bereits gemachten Angaben, aus diesen entnehmen wir, dass sich das kleine Mädchen im Bette der Mutter unter dem Leintuche versteckt hielt, nach dem Weggang der beiden Mörder eingeschlafen und erst wieder des Morgens durch den in die Kammer eingedrungenen Rauch und Gestank erwacht sei, worauf es aufgestanden, sich ein Röckchen angezogen, über die Stiege hinunter und, nachdem es das Feuer in der Küche gesehen, durch das Fenster in der Gaststube davon und zum Zeglerhause gelaufen sei.«

Bilder schneiden Amelia dazwischen. Ein Rascheln, die Puppe, Rauch, der sich in ihre Wahrnehmung schiebt. Ist das die Erinnerung, die wiederkommt? Ein ferner Geschmack, kaum mehr als eine Ahnung.

»Die barmherzige Schwester gibt an, dass dem Kinde immer noch, selbst beim Spielen mit anderen Kindern, die grässlichen Vorfälle der Nacht vom 12. bis 13. Oktober einfallen und es fortwährend davon spricht«, fährt Grabensberger fort.

Amelia hat mit einem Mal Mitleid mit diesem fremden Ich, das sie soeben wiedergefunden oder vielleicht auch erst gefunden hat, aber da fällt ihr der nächste Satz auf:

»Das Kind, ein nach dem allgemeinen Urteile hübsches Kind«, Amelia muss bei dieser Formulierung unweigerlich lächeln, und dieses Lächeln beruhigt sie für einen Moment, »wird sodann aus dem Saale geführt, bei jedem Anwesenden ein gewisses Mitgefühl zurücklassend, nur bei den beiden Missetätern nicht, die auch beim Anblick dieses Kindes, das durch sie zur Waise geworden, ebenso wenig gerührt wurden als durch den Anblick der Überreste ihrer Familie.«

Ich, denkt Amelia, das bin ich, es sollte mich treffen, betreffen. Nichts. Da ist Mitleid, Verzweiflung, aber es ist, als fühle sie diese für jemand anderen, nicht für sich selbst. Dann aber wieder die Bilder, die sich in Schichten über ihren Kopf legen. Für eine Weile sind Grabensberger und Amelia still, nur die fernen Schritte einzelner Archivbesucher hallen durch den Raum.

»Ich glaube«, sagt Grabensberger auf einmal zögerlich, »es war die Unschuld der Löter, deren Angst, die mir so klar vor Augen stand.«

Amelia nickt, auch wenn der Gedanke ihr absolut nicht gefällt.

»Gibt es irgendetwas, das diese Unschuld der Löter beweisen könnte?«, fragt sie schließlich.

Grabensberger überlegt, reibt sich die Stirn und den Nacken, sodass die leicht angegrauten Haare vom Kopfe abstehen.

»Soweit ich mich erinnere, hat einer der beiden während der Untersuchungshaft in einen Teller den Satz ›Ich bin unschuldig!‹ geschnitzt«, fällt es ihm plötzlich ein.

Seltsam, wie das Gedächtnis funktioniert, denkt er. Wie nun, Jahrzehnte nach der Gerichtsverhandlung, nach und nach wieder alle Bilder auftauchen und sich wie in einem Kaleidoskop zusammenschieben.

»Ich will die Wahrheit wissen«, flüstert Amelia da tonlos.

Grabensberger sieht auf seine eigenen Hände, schafft es nicht, Amelias Blick zu erwidern.

Stille.

Abschied

Früher

Kaum hatte man die Löter gefasst, beschlossen die Bewohner in Stumm einstimmig – obwohl Simon seinen Schafen vorschlug, auf den Untersuchungsrichter zu warten –, man solle die Überreste der Martha Baumgartner und ihrer Angehörigen beerdigen. Die Zeremonie in der Kirche verlief kaum anders als alle anderen Begräbnisse im Dorfe Stumm.

Simon betete mit aufgefalteten Händen vor der Gemeinde für die Toten. Amelia indes stand erstarrt vor dem Altar, Hand in Hand mit Erl an ihrer Seite, auch die Puppe hatte sie bei sich.

Die Gebete endeten, und man brachte die Särge zum Friedhof. Erl griff nach der Schaufel, führte Amelias Hand, und gemeinsam warfen sie die erste Erde auf die Särge. Die Gemeinde wollte sich gerade anschließen.

»Halt«, tönte es da hinter Erls Rücken.

Endlich. Der Untersuchungsrichter, nach dem man geschickt hatte, war angekommen! Sehr gut, dachte Simon. Hansl, der Knabe, hatte alles richtig gemacht. Gerade noch rechtzeitig. Vielleicht würde sich jetzt herausstellen, ob Martha tatsächlich eine Hexe, ja möglicherweise sogar eine Percht war! Er musterte den Mann aus der Stadt. Ganner. Ganner war ein bereits weißhaariger, aber sehr rüstiger Mann. Streng sah er in die Runde, sein Blick blieb dann auf Simon liegen. Dieser runzelte die Stirn.

»Hochwürden«, sagte Ganner, »was zur Hölle ist hier los?«

»Wir beerdigen die Familie«, erklärte Erl.

»Das sehe ich.« Der Untersuchungsrichter nickte kühl, stieg vom Pferd und schnalzte kurz mit der Zunge. »Wir beenden dies hier, ich will mir die Leichen zuerst ansehen.«

Erl mischte sich ein. »Wozu soll das gut sein? Sie wurden

erschlagen und verbrannt. Außerdem dachte ich, dass es klar wäre – die beiden Löter haben sie auf dem Gewissen.«

»Das werden wir sehen!«, entgegnete Ganner jedoch.

Erl sah ihn an. »Aber die kleine Amelia hat schon genug durchgemacht, die Familie soll nun in Frieden ruhen und Amelia das Geschehene verarbeiten. Man muss die Toten ruhen lassen!«

Fragend blickte er zu Simon, doch dieser sah nur zu Boden.

Ganner indes beachtete die beiden Männer nicht weiter. Er wandte sich direkt an die Gehilfen der Beerdigung. »Na los, raufholen!«

Die Männer wollten gehorchen, wurden aber von Erl gestoppt, der sich wie ein Fels vor ihnen aufbaute.

So blickten sie verunsichert auf Simon, der kurz nachdachte und dann nickte, während er Erl sanft beiseiteschob.

»Die Leichen dürfen wieder hochgeholt werden«, sagte er und fuhr sich durch das schüttere rötliche Haar.

»Da regte sich ein Grab und ein anderes dann: Sie kommen hervor!«, ertönte es plötzlich vom Waldweg her. Es war Sepp, der glücklich pfeifend und wippend dahinschlenderte.

Niemand beachtete ihn.

»Bringt sie zurück in die Kirche«, sagte Simon.

»Das ist eine gute Idee«, bestätigte Ganner. »Danke, Hochwürden.«

Erl spürte den Impuls, noch einmal dazwischenzugehen, doch er begriff, dass es sinnlos war.

So schnappte er sich die kleine Amelia, die bis dahin allein in dem Trubel gestanden war, und verschwand rasch mit ihr. Anna hatte recht. Das Kind hatte genug Scheußlichkeiten gesehen.

Während er, das Mädchen hinter sich herziehend, zum heimatlichen Hof zurückeilte, kam seine Frau ihm nach.

»Was hast du vor?«, wollte sie wissen.

»Nichts. Nur fort von hier«, entgegnete er grimmig.

»Verstehe.« Anna betrachtete die tiefe Falte zwischen Erls

Augenbrauen. »Es ist wichtig«, sagte sie sanft, »dass du das Kind mit deiner Wut nicht verschreckst.«

Erl, der die kleine blonde Amelia fast brutal hinter sich hergezerrt hatte, hielt für einen Augenblick inne. Dann seufzte er.

»Du hast recht«, sagte er, blieb stehen und umarmte Anna für einen Moment.

Was täte er nur ohne dieses besonnene Weib?

Anna, deren Züge während der Umarmung noch weicher wurden, lächelte.

Da bückte Erl sich und blickte Amelia tief in die Augen. »Hab ich dich erschreckt?«

Das Mädchen sah ihn einfach nur an. Seine Augen waren groß, hell. Doch hinter dem Blick war nichts Greifbares. Ein Engel vielleicht mochte es sein, der da in das Mädchen gefahren war, die kindliche Unschuld vor der Brutalität der Großen zu schützen.

»Du musst nicht reden«, sagte Anna und nahm Amelia bei der Hand.

»Nein, musst du nicht«, bestätigte Erl, über sich selbst den Kopf schüttelnd.

Er fasste Amelia an der anderen Hand, und gemeinsam gingen sie heimwärts.

»Was wollen wir heute kochen?«, fragte Anna.

Das Kind schwieg immer noch.

»Haferbrei!«, schlug Erl vor.

Es dauerte einige Sekunden, ehe das kleine Mädchen ein schüchternes Lächeln von sich gab.

Konfrontation

Danach

Nachts schreckt Amelia hoch. Wieder, da: das Feuer. Schlingernde Flammen in ihrem Kopf, ein Pochen, das sie nicht loslässt. Ihr Schädel brummt, die Schläfen schmerzen. Wie spät mag es sein?

Sie richtet sich auf, spürt, dass sie in Schweiß badet, und lüpft das Nachthemd. Sie weiß, wohin sie zu gehen hat, obwohl sie nicht sagen kann, warum. Fast mechanisch erhebt sie sich, trippelt barfuß die Treppen hinunter und blickt ins Wohnzimmer. Tatsächlich, Erl ist wieder auf dem Sofa eingeschlafen. Die Luft also rein. Ohne weiter nachzudenken, schleicht Amelia vorsichtig – sie will den Ziehvater auf keinen Fall wecken – in sein Zimmer. Vorm Bett kniet sie nieder und atmet noch einmal tief und fest auf.

Dann öffnet sie, getragen von einer merkwürdigen Ahnung, die Lade des linken Nachtkästchens, des Nachtkästchens, das Erl sein Eigen nennt.

Sie tastet mit der Hand die Schublade ab. Da stoßen ihre Finger gegen etwas Hartes, Organisches. Holz? Amelia zieht einen Teller mit Schnitzereien hervor.

»Ich bin unschuldig!«, liest sie, und es läuft ihr siedend heiß über den Rücken. Kann dies der Teller sein, von dem Grabensberger gesprochen hat? Und wenn ja, was hat dieser Teller hier zu suchen? Wie kommt er in Erls Nachttischlade? Und warum hat Erl ihr so viel über ihre Vergangenheit verschwiegen?

Amelia legt den Teller weg, greift dann nach der Puppe, die sie danebenliegen sieht, fast mechanisch.

Sie starrt lange ins Leere. Ihre Hände sind ihr fremd geworden, wie das kleine Mädchen aus der Vergangenheit. Sie zittern unter dem gemusterten Lodenröckchen der Puppe. Doch das fällt ihr gar nicht auf.

»Still, still, still, weil 's Kindlein schlafen will«, tönt es auf einmal sanft in Amelias Kopf. Was ist das für eine Stimme, die da zu ihr singt? Anna?

Ja, Anna, denkt Amelia und atmet tief ein und aus. Langsam wird es ruhiger in ihr. Es ist, als wiege eine alte Erinnerung an eine Verbundenheit sie hin und her. Sie versucht, einen klaren Gedanken zu fassen. Sollte sie sich wieder schlafen legen? Alles überschlafen? Egal, nur still, sagt sie sich, still.

Sie kneift die Augen zusammen und betrachtet den Teller noch einmal eingehender. Weiter unten sieht sie schließlich den Beweis: eine Signatur, auch in groben Lettern in das schalenförmige kleine und sehr fein gearbeitete Gebilde hineingeritzt. »Georg Fuchs, 1890«, liest sie. Sie versucht sich zu beruhigen, doch es gelingt ihr nicht.

Nein, es gibt nur eine Möglichkeit, denkt sie. Erl ist in den Mord involviert gewesen. Hat ihn nicht damals eine Art Freundschaft mit Simon verbunden? Am Ende hat er gar versucht, den Dorfpriester zu schützen?

Mit starrem Blick weckt Amelia Erl.

»Was ist das?«, fragt sie und hält ihm den Holzteller unter die Nase.

Der alte Mann schweigt. Er reibt sich die Augen und blickt dann das geschnitzte Werk an, das Amelia ihm hinhält. Mit einem Mal jedoch geht sein Blick nach innen, und er fällt in sich zusammen.

»Nicht jetzt«, murmelt Erl und starrt ins Leere.

Amelia merkt, wie laut ihr eigener Atem geht. »Doch«, sagt sie klar und bestimmt, mit einer Stimme, die ihr selbst fremd ist.

»Kind«, flüstert Erl, »ich bitte dich.«

Aber Amelia sieht ihn bloß unverwandt an. »Warum sammelst du diese Dinge?«, fragt sie.

Wieder senkt der alte Mann den Blick und betrachtet den Fußboden.

»Warum?«, wiederholt sie.

Stille.

»Simon hat mir den Teller vererbt, nachdem er gestorben ist. Er selbst hat ihn den Mördern deiner Mutter abgenommen, damals, als sie im Gefängnis eine Beichte ablegten«, sagt Erl schließlich.

»Und wieso hast du mir nie davon erzählt?«, will Amelia wissen und merkt, wie ihre Augen feucht werden. »Dass man mich verhört hat – vor Gericht? Als so winziges Kindchen?«

Erl beginnt zu stottern. »Ich ... ich ...« Dann setzt er erneut an. »Ich wollte dir deine Mutter nicht zweimal nehmen. Es ging dir so gut mit Anna und mir. Ich wollte die Vergangenheit ruhen lassen.«

Amelia blickt ihn lange an, und mit einem Mal ist ihr, als sähe sie einen Fremden.

Der Untersuchungsrichter

Früher

In diesen Tagen änderte sich die Situation im Dorfe. Der Untersuchungsrichter war eingetroffen. Einer aus der Stadt. Einer, der vorgab zu wissen, wie die Dinge liefen.

Simon musste den Dorfbewohnern erklären, dass die Leichen in einigen Tagen in Ruhe und ohne Aufregung bestattet werden würden. Erl und Simon halfen Untersuchungsrichter Ganner beim Transport der Särge in einen kleinen Nebenraum der Kirche.

Man öffnete die Särge und entnahm ihnen die Toten.

Und dann ging der Untersuchungsrichter an die Arbeit. Leichen zu inspizieren ist ein Handwerk wie jedes andere. Man betrachtet die Einzelteile, fügt zusammen, was zusammengehört, betrachtet die Wunden, entnimmt Proben des Fleisches, des Blutes und so fort.

Ganner verspürte dabei keinen Ekel. Er war diese Art des Arbeitens gewöhnt. Dennoch: Die Brutalität des Mordes machte selbst ihn staunen. Zum Glück aber waren die Leichen weniger verkohlt, als man ihm berichtet hatte.

Typisch Dorfbewohner, dachte Ganner, sie hatten in ihren Beschreibungen wieder einmal fabuliert und übertrieben! Immer ihr Geplänkel mit Märchen und Mythen, dachte der Untersuchungsrichter. Es war gar nicht so schwer, die Teile der Opfer wieder zusammenzufügen, wie man es ihm prophezeit hatte.

Nichtsdestoweniger verbrachte er den ganzen Tag mit den Körperresten, untersuchte, machte sich Notizen. Gegen Abend begann er Skizzen der Wunden zu zeichnen. Ganner war kein hervorragender Maler, und das wurde ihm bei diesem Unterfangen einmal mehr schmerzlich bewusst. Man hatte ihn im

Glocknerhaus untergebracht. Dort war es ruhig, niemand bedrängte ihn, niemand verlangte, er möge zum Essen erscheinen oder ein Gespräch beginnen. Ganner genoss diese Freiheit, schließlich galt es, die Ursache eines Mordes herauszufinden, und dafür waren sowohl sein Handwerk als auch eine große innere Ruhe vonnöten.

Abends notierte er in seinen Akten folgende Fakten:

– Johanna Baumgartner, vollkommen zertrümmerter Schädel und schwerste Verbrennungen, Todesursache daher unklar. Weitere Verletzung am Schlüsselbein (Bruch) sowie Wunde in Leber. Ein Sturz kann angenommen werden, beispielsweise von der Treppe.
– Max Baumgartner, erschlagen mit einem fünf Zentimeter großen Schürhaken, oval, Todesursache: Gehirnlähmung.
– Martha Baumgartner, erschlagen mit einem fünf Zentimeter großen Schürhaken, oval, Todesursache: Gehirnlähmung, ausgelöst durch Würgen. Würgemale sind noch undeutlich erkennbar. Sie muss sich gewehrt haben, es finden sich Spuren im Hausflur mit Blut, Kampfspuren und einem blutigen Handabdruck.

Sie, dachte Ganner, musste der Mörder besonders gehasst haben, denn die tiefen Würgemale sprachen für sich. Er tippte auf Eifersucht, aber sicher konnte er natürlich nicht sein. Wer jedoch würde nur um eine Stiche Brot oder etwas Geld einen solch grausamen Mord verüben?

Ganner fuhr fort, die Feder ein wenig kratzend – denn er war müde und ungeduldig – aufs Papier zu pressen:

– Therese Baumgartner, erschlagen mit einem fünf Zentimeter großen Schürhaken, oval, Todesursache: Gehirnlähmung.

Bestimmt wäre aus dem jungen Ding eine hübsche Frau geworden, dachte Ganner. Zumindest laut der Angaben, die die Bäuerin, bei der er untergekommen war, machte. Wie auch immer, jetzt war nicht die Zeit, zu trauern. Er hielt kurz inne. So, das war das Wesentliche, die ermordeten Personen betreffend. Nun war es notwendig, noch eine kurze Zustandsbeschreibung der nicht ganz abgebrannten Küche zu geben, die er an diesem Tage ebenfalls inspiziert hatte:

– In der Küche wurde auf dem Herd Bier gefunden sowie Zucker und Eier.

Hatte er etwas vergessen? Es war schon spät, und er war nicht mehr ganz Herr seiner Sinne. Er seufzte und rieb sich die Augen. Bald würde der Kienspan abgebrannt sein.

Ganner glaubte nicht an den Teufel. Im Grunde glaubte er überhaupt nichts, auch wenn er dies in dieser dörflichen Umgebung niemals laut äußern würde. Aber sollten wirklich die beiden Burschen den Mord verübt haben? Oder konnte es sein, dass die Legenden der Perchten stimmten?

Ach, nichts als alte Märchen, dachte Ganner. Und doch, als er aus dem Fenster blickte, vermeinte er, einen dunklen, haarigen Schatten vorbeihuschen zu sehen, der einen Schwanz hinter sich herzog. Nein, vermutlich war das nur der Dorfidiot, von dem man ihm erzählt hatte.

Ganner löschte den Span und zog seinen Rock aus. Eine warme Bettstatt würde auf ihn warten. Die hatte er sich verdient. Doch bevor er die Augen schloss, kam Ganner ein Gedanke: das Mädchen. Das kleine, blond gelockte Mädchen, das da so an der Hand des Mannes – wie hieß er noch? Hans Erl – gehangen hatte. Vielleicht lag bei ihm die Antwort? Verstört hatte es ausgesehen, kaum einen Lidschlag vollführt. Und wie schnell dieser Bauer, dieser Erl da, der sich offenbar ihrer annahm, gemeint hatte, die Schuldigen seien die zwei Löter! Das stank doch ein wenig, oder? Wie auch immer: Dieser Erl musste etwas gesehen haben, ohne Zweifel. Oder zumindest etwas wissen. Und das Kind freilich auch. Doch wie konnte man einem nicht einmal vierjährigen Mädchen eine Aussage entlocken?

Amelias Schweigen

Früher

Am nächsten Abend pochte es an der Haustür des Erlhofes. Die Magd öffnete und zeigte sich erstaunt, als ein fremder Mann ihr gegenüberstand. Vermutlich kam er aus der Stadt, dachte sie. Er trug einen hohen Hut und einen feinen Kragen, und obendrein bedeckten weiße Handschuhe seine Hände.

»E…ehrwürdiger Herr«, stammelte sie, doch Hans Erl, der gerade am Tisch saß und schnitzte, hatte sie bereits beiseitegeschoben.

»Herr Untersuchungsrichter«, sagte er, und seine Augen verdunkelten sich.

»Seien Sie gegrüßt, Hans Erl«, antwortete Ganner und trat ohne Umstände in die Stube. »Ich nehme an, Sie wissen, warum ich hier bin?«, fragte er.

Erl nickte wortlos.

»Nun denn, wo ist sie?«, fuhr Ganner, nachdem er sich geräuspert hatte, fort.

»Herr Untersuchungsrichter –«

»Ganner«, unterbrach er den Bauern und knackte kurz mit den Fingern, wie er dies gerne zur allgemeinen Zerstreuung tat. »Mein Name ist Ganner.«

»In Ordnung«, sagte Erl. »Herr Ganner, Sie müssen wissen, das Mädchen … es ist … verschreckt.«

Ganner stieß ein zähes, hohes Lachen aus. »Wundert Sie das, Herr Erl?«

Erl zog ein wenig den Kopf ein. Fast hatte es ihm die Sprache verschlagen. Was er kannte, war Wut, war Verzweiflung, war Angst. Aber die Kälte, mit der Ganner diesen Satz formuliert hatte, schnitt ihm ins Herz.

»Ich hole sie«, sagte er nach einigen Momenten der Stille

und lief in den Hintergarten, in dem Amelia mit ihrer neuen Puppe saß. Die Puppe hatte Anna aus einem Jutesack genäht, rasch, denn es war notwendig, das Kind seiner Vergangenheit zu entziehen, um sie wieder zum Blühen zu bringen, wie sie und Erl fanden.

»Da ist wer«, sagte Erl.

Amelia, die das helle Haar offen und bis über beide Schultern fallend trug, sah ihn sprachlos an. Erl kniete sich ein Stück weit nieder. Das Mädchen rückte ab und fing an, mit dem hochgewachsenen Gras, in dem es saß, zu spielen.

»Weißt du«, sagte Erl, »es ist jemand hier. Der will mit dir reden.«

Amelia fixierte wieder den Boden und begann, einzelne Gräser auszureißen. Erl schluckte. Das würde nicht einfach werden. In diesem Moment stand zum Glück Anna hinter ihm. Sie streckte ihre Hand aus, lächelte. Amelia blickte sie an. Immer noch stumm. Schließlich ließ sie es geschehen, dass Anna ihre Hand nahm und sie in die Stube trug.

Ganner saß bereits am Tisch. Die Magd hatte einen Milchkrug gebracht, den er jedoch unberührt ließ.

»Ach, da ist der Engel«, rief er und blickte das kleine Mädchen an. Er lächelte, und seine Zähne blitzten weiß.

Amelia staunte. Noch nie hatte sie so ein glattes Gesicht gesehen. Und was wohl der hochgeschlossene Kragen und die Handschuhe bedeuteten? Warum trug dieser Mann keine Mütze am Kopf, sondern so ein seltsam hohes schwarzes Ding?

»Setz dich«, sagte Ganner, und Amelia tat zögerlich wie ihr geheißen.

Ganner verschränkte die Arme vor der Brust und beugte sich ein Stück weit nach vorne. »Nun denn, Kind«, begann er.

Und wie seltsam er sprach, dachte Amelia. Es war, als kaue er an jedem der Worte wie an einer Stiche Brot.

»Es geht um das brennende Haus«, fuhr Ganner fort.

Amelia sah ihre Finger an und schlenkerte kurz mit den

Beinen hin und her. Der Stuhl kam ihr mit einem Mal unendlich hoch vor. Anna setzte sich neben sie.

»Was weißt du darüber?«, fragte Ganner.

Schweigen. Amelia atmete kaum merklich. Sie blickte unverwandt auf ihre Hände.

Sie schien keinen gewöhnlichen Lidschlag zu haben, dachte Ganner. Das Mädchen musste unter Schock stehen.

»Nun, Kind«, versuchte er es freundlicher und lächelte erneut, »wir wollen wissen, warum deine Familie zu Tode kam.«

Amelia blickte auf und starrte ihn an. Sie begann an der Unterlippe zu kauen.

»Spricht sie nicht?«, fragte Ganner nach einigen weiteren Momenten des Schweigens bei Anna nach.

»Nur das Notwendigste«, antwortete Anna.

Seufzend wandte sich Ganner Erl zu. »Können Sie sich bemühen, sie zum Reden zu bringen?«

»Alles braucht seine Zeit«, sagte Anna.

Ganner ignorierte sie. Die Meinung eines Weibes galt ihm nichts. Erl indessen nickte.

»Es müssen die Fremden gewesen sein«, sagte er. »Der Fuchs und der Haas. Ich kann es mir anders nicht erklären. In unserem Dorf gibt es niemanden, der so einen brutalen Mord verüben könnte.«

Ganner sah ihn scharf an und zog eine Augenbraue in die Höhe. »Man weiß nicht, was in den Menschen schlummert. Sehen Sie denn ihren Verstand?«

Erl zuckte mit den Schultern.

»Eine Percht sei es gewesen, erzählt man sich im Dorf«, sagte Anna. Schließlich sei so etwas im Ort noch nie geschehen.

»Die beiden«, bekräftigte Erl, »sind in jener Nacht bei Martha gewesen. Wer sonst sollte so etwas tun als zwei Taugenichtse, die Martha nicht kannten, nicht liebten?«

Ganners Blick wurde noch schärfer. »Liebten *Sie* sie denn?«

Erl schwieg. Anna blickte zu Boden.

»Man erzählt sich, dass sie viele Männer gehabt habe, die

Martha«, fuhr Ganner fort. »Und dass sie deshalb als Leichtlebige, ja auch als Zauberin oder Hexe verschrien war.«

»Das haben Sie gewiss von Priester Simon!«, rief Erl aus, der fast schon zu streiten beginnen wollte.

»Ich bitte Sie«, murmelte Anna, »nicht vor dem Kinde.«

»Wie auch immer«, meinte Ganner, knackte nach Gewohnheit mit seinen Fingern und stand auf. »Ich danke Ihnen. Wir werden einander wiedersehen.«

Als er fast die Tür in den Vorderhof erreicht hatte, drehte er sich noch einmal um.

»Bringen Sie sie zum Reden«, sagte er und bleckte die Zähne zu einem weißen, ausdruckslosen Lächeln.

Erl und Anna blickten ihm schweigend nach.

Als Ganner das Haus verließ, trat er einer Gestalt entgegen. Es war der Dorfidiot.

»Erls Frau ist tot, o Gott, o Gott«, sang Sepp reimend und starrte zu Boden, während er einen Ast hinter sich herschleifte.

»He, Bursche«, rief Ganner ihm nach. »Was sagst du da?«

Er näherte sich der Gestalt, die ein wenig schief, ein wenig verschroben aussah, jedoch von zartem, fast edlem Wuchs war.

»Erls Frau ist tot, o Gott, o Gott«, fuhr der Idiot in wirrem Ton fort.

»Erls Frau ist doch die Anna«, rief Ganner, der ihm hinterherging.

Der Bursche indes erhöhte sein Tempo.

»Warte!«, rief Ganner. »So warte doch!«

Doch der Bursche verschwand mit hochgezogenen Schultern in der Ferne. Ganner merkte, wie er müde wurde. Er war so überreizt, dass er schon das Gebrabbel der Idioten zu genau nahm, dachte er. Es war Zeit, den Stummer Fall zu einem guten Ende zu bringen.

Verzweiflung

Danach

Amelia ist erschüttert. Wie kann Erl nur schweigen? Einfach den Raum verlassen, sie hier alleine lassen mit diesem Wissen um ihre Vergangenheit? Auf einmal ist es, als hätte der Tag keine Funktion mehr. Als wäre das Einzige, worum es geht, sich endgültig mit der Vergangenheit zu verklammern.

Amelia betritt wieder das Zimmer, denn sie hat keine andere Wahl. Sie weiß mit einem Mal nicht mehr, womit sie sonst ihre Zeit zubringen soll. Also kramt sie weitere Papiere hervor:

»Die Angeklagten sind zwei kleine Gestalten, denen man solche grausamen Handlungen, wie sie begangen, kaum zumuten würde, namentlich ist Fuchs, der kleinere der beiden, von einer sehr schwächlichen Körperkonstitution. Sein Spießgeselle Haas ist etwas robuster gebaut.«

Amelia versucht, sich den Täter vorzustellen. Aber in ihrem Kopf entsteht kein Bild, da ist nichts Greifbares, stattdessen nur dieses flackernde Zucken, das sie schon zu Beginn ihrer Reise nach Stumm so bedrückt hat. Sie liest weiter:

»Alois Haas, siebzehn Jahre alt, und Georg Fuchs, achtzehn Jahre alt.«

Mehr Information kann sie zu diesen Männern jedoch nicht finden. Weiter heißt es:

»Beide Kerle sind Vagabunden aus München. Vernachlässigte Erziehung, schlechte Schulbildung.«

Amelias Blick rast. Sie liest, saugt die Inhalte auf, ohne ganz zu begreifen.

Am Ende des Flurs sieht sie plötzlich ein Licht. Sie richtet sich ein Stück weit auf. Was ist das? Was lodert da? Es ist, als würde etwas in ihren Blick hineinschneiden wollen, immer wieder, immer wieder.

Sie geht leise darauf zu. Geräusche scheinen aus der Küche zu ihr zu dringen. Da sieht sie eine Gestalt stehen. Was ist das? Ein Wesen? Hat es Haare, am Ende gar Hörner? Oder täuscht sie ihre Wahrnehmung?

Amelia merkt, wie ihr schwindelig wird. Sie tastet nach der Wand, doch ihre Finger geraten ins Straucheln. Da ist Licht, Licht. Es lodert vor ihrem Blick, es züngelt, sie kann kaum atmen. Dann steht da auf einmal ein Haus. Woher kennt sie es nur? Es riecht nach Rauch, was für ein sonniger Tag, die Vögel singen, die Bäume rauschen, der Wind streicht um die Füße, es brennt. Wie losgelöst, wie von allem entkoppelt. Nie hat sie so ein Feuer gesehen. Was für eine Naturgewalt. Amelia kann die Augen kaum noch zumachen. Da aber fällt es ihr ein.

»Mutter?«, sagt Amelia. »Mutter?«

Dann sinkt sie in der Küche zu Boden.

Die Mutter

Früher

Nachdem der Untersuchungsrichter die Stube verlassen hatte, beschloss Anna, dass es an der Zeit sei, die kleine Amelia ein wenig abzulenken. Das Mädchen, seltsam stark auf seine Hände fixiert, ließ es ohne Worte mit sich geschehen. Anna legte die neue Puppe neben Amelia, bettete sie sanft auf das Kissen, spielte ein wenig mit ihr und sang. Das Mädchen aber griff nicht danach.

Als Anna zurückkam, sah sie, dass Erl sich bereits über die Milch hergemacht hatte, die von Ganner verschmäht worden war.

Zögerlich setzte sie sich ihrem Mann gegenüber an den Tisch. »Erl?«

Er blickte sie mit wirren, lodernden Augen an.

»Ja?«, fragte er, und es klang fremd, wie jemand, der von weither ruft, oder wie ein Echo, dachte Anna.

»Wir haben keine Kinder«, begann sie sanft. »Und du weißt, dass uns nicht mehr viel Zeit bleibt. Ich würde die kleine Amelia gerne endgültig aufnehmen.«

Erl sah sie an. Sein Ausdruck blieb unverändert.

»Wir müssen sie nun einmal in Ruhe lassen«, entgegnete er schließlich. »Sie soll wieder zu sich kommen.«

Anna nickte.

»Heißt das Ja oder Nein?«, fragte sie dann und merkte, wie sich dabei etwas in ihrer Brust zusammenzog.

Erl starrte wieder in die Flamme und antwortete, die Augen nicht vom Kienspan lösend, mit einem dumpfen »Ja«.

In dieser Nacht lag Amelia im Bett und träumte schlecht. Sie greinte leise vor sich hin. Erl, der eben die Küche verlassen wollte, sich zu entkleiden, hörte ihren keuchenden Atem. Er ging in das Zimmer, in dem Amelia schlief. Die hellen Lippen des Mädchens lagen da wie eine Wunde, sie sahen verletzlich aus. Das Gesicht war bleich wie der Mond, die Stirn benetzt von Schweiß.

Sanft weckte Erl das Kind, indem er seine breite Hand auf dessen Schulter legte. Amelia setzte sich auf und sah ihn an. Ihr Blick spiegelte die gleiche Angst wider, die auch Erl fühlte. Da konnte er nicht mehr an sich halten. Mit einer zärtlichen, wenn auch vielleicht zu festen Geste nahm er das Kind in den Arm. Und tatsächlich: Amelia erwiderte seine Umarmung. So saßen sie nebeneinander, aneinandergeklammert wie zwei Ertrinkende, und es war schwer zu sagen, wer in diesem Moment wen wiegte.

Irgendwann schien die Kleine ruhiger zu werden. Ihr Atem, so nahm Erl wahr, ging jetzt regelmäßig. Zärtlich platzierte er das Mädchen zwischen die Pölster und legte sich zu ihr, während Anna sich umkleidete. Um Amelia nicht loslassen zu müssen, blieb Erl einfach in der Tageskleidung.

Ein wenig Mondlicht drang durch das Fenster ins Zimmer hinein. Nun war das Gesicht des Mädchens ruhig. Wie ein Engelein lag es da, das gewellte Haar fiel gleich einem Teppich auf das Kissen. Wie schön sie war, dachte Erl. Er betrachtete Amelia lange. Ein sanftes Lächeln stahl sich auf seine Lippen.

Er seufzte und fuhr ihr durchs Haar.

»Still, still, still«, begann er leise und für sich zu singen.

»Weil 's Kindlein schlafen will«, stimmte Amelia mit ein, bis ihr schließlich die Augen zufielen. Erl lauschte noch lange ihrem Atem. Dann sah er sich um. Mit einem Mal lag ein gewisser Friede in dem Zimmer, und all die Verzweiflung der letzten Stunden und Tage war wie ausgelöscht. Er kniff die Augen kurz zusammen, vermeinte, einen hellen Schimmer zu sehen. Stand da ein Engel am Fenster? Es schien ihm so. Der Engel des Friedens, dachte Erl, und er musste sich selbst dabei auslachen.

»Still, still«, summte er noch ein wenig, während er über Amelias Haar fuhr.

Diese Nacht war bei Weitem die wärmste, die er seit Langem erlebt hatte, dachte Hans Erl, bevor er einschlief.

Umkehr

Danach

Der Wind hat sich gedreht. Amelia rennt, rennt. Der Mond steht blass und rund am Himmel. Amelia erinnert sich, dass sie als Kind immer dachte, der Mond würde ihr folgen. Ein wenig kommt es ihr auch jetzt so vor. Sie fühlt sich beobachtet. Der Himmel starrt, stiert nach ihr, es ist, als wären die Äste der Bäume knorrige Arme, die nach ihr greifen wollen.

Amelia läuft denselben Weg, den sie als Kind nach dem Brand hinabgelaufen ist, nun hinauf. Wieder trägt sie ein Nachthemd. Wieder weht der Wind um ihre bloßen Füße. Und Stück für Stück kehrt auch die Erinnerung zurück. Es ist, als schreite sie ihr ganzes Leben noch einmal rückwärts ab. Sogar ihre Hände hat sie in einer Haltung, als umklammere sie etwas mit vehementer Anstrengung, vielleicht eine Puppe? In dem Moment fällt ihr Blick auf einen Strauch. Da erinnert sie sich an eine Episode mit Anna, die sie vor vielen Jahren einmal erlebt hat.

»Das«, hat Anna ihr erklärt, »sind Tollkirschen. Niemals, mein Kind, darfst du sie essen.«

Amelia überlegt nicht lange. Die Früchte sind schwarz und rund, sie glänzen im Mondlicht. Amelia weiß, dass deren Unschuld trügt. Ihre Finger wandern von selbst nach vorne. Sie pflücken die Frucht. Ein Knackgeräusch ertönt, als die Frucht vom Stängel bricht. Amelia zuckt zusammen. Da war nichts, sagt sie sich. Mit starrem Blick hält sie die Tollkirschen in ihrer zitternden Hand umklammert. Sie muss weiterlaufen, weiter, denkt Amelia und setzt sich wieder in Bewegung. Schon einige Meter später flammt es ihrem Blick entgegen. Das Baumgartnerhaus brennt! Es flackert, vor ihren Lidern, hinter ihren Lidern. Amelias Hände krampfen sich zusammen. Sie riecht Ruß, sieht Lodern, aber nein, da ist doch nur der Waldweg, es ist alles zu viel. In Amelias Kopf schlagen die Gedanken Wellen. Mein Leben, denkt sie, ist auf einer Lüge aufgebaut, aber nein, welches Leben denn. Ich bin doch ein Kind, gleich werde ich zum Haus kommen.

»Still, still, still«, tönt es in ihrem Kopf.

»Mutter?«, fragt Amelia.

Keine Antwort. Aber jetzt weiß Amelia es wieder: Sie hatte sich hinter dem Bett geduckt, da waren laute Geräusche gewesen und Blut, überall. Das Krachen eines Schürhakens, der auf Knochen trifft, dann lange Zeit nichts. Sie war aus dem Haus gelaufen und viel später noch einmal zurück. Ob nun alles wieder gut wäre? Aber nichts war gut gewesen, sie hatte die Mutter nicht mehr gefunden, nirgendwo. Nur Blut, überall, alles ganz fremd und anders als sonst in der guten Stube. Erneut war sie aus dem Haus gerannt, doch da war ihr eingefallen, dass sie noch einmal zurückkehren sollte, die Puppe zu retten. Wo hatte sie sie nur hingetan? Sie hatte Flackern gesehen, züngelnde Flammen. Auch jetzt schlagen die Flammen nach ihr. Sie atmet schwer, als sie mit zerzaustem Haar den Waldweg hinaufläuft. Keiner kann sich selbst entkommen.

Die Taugenichtse

Früher

Die Tür zum Verschlag wurde heftig aufgerissen, kaum dass es begonnen hatte zu dämmern. Ganner stürmte, gefolgt von Erl und Simon, in den engen Raum hinein. Die beiden Löterlehrlinge, die eben noch in seltsam verdrehten Positionen schlafend im Heu gelegen hatten, schraken hoch, als sie Erl erblickten. Fuchs, körperlich weniger versehrt als sein Kollege, verkroch sich in eine Ecke. Der hagere Haas folgte ihm, indem er nach vorne robbte. Ganner hieß Erl die Tür mit einem Schürhaken fixieren, sodass er die beiden Männer genauer begutachten konnte.

Sie sahen fürchterlich aus, dachte Ganner. Aber er war einiges gewohnt. Mit geschultem Auge betrachtete er die beiden Löterjungen. Ihre Gesichter waren von Blutergüssen übersät, die in blauen und grünen Farben ihre Gesichter sprenkelten, und eine Kruste eingetrockneten Blutes war an den Wangen, den Armen und Beinen sowie an Haas' Hosenboden zu erkennen.

Ganner winkte nach Hans Erl. »Einen Eimer Wasser!«, sagte er und zog sich die Handschuhe aus.

Erl blickte ihn verständnislos an, die braunen Augen weit aufgerissen.

Ganner merkte, wie er leicht ungeduldig wurde. »Na, wird's bald?«, rief er und vollführte mit der Hand eine rasche Geste, die aussah, als wolle er eine Fliege verscheuchen. »Beeil er sich gefälligst.«

Doch noch bevor Erl sich in Bewegung setzen konnte, wurde ihm auch noch ein hölzerner Eimer mit den Exkrementen der beiden in die Hand gedrückt.

Ganner blickte den Dorfpfarrer an. »Wie kann ein Mann

Gottes solche Prügel zulassen?«, stieß er aus, jedoch waren seine Worte ohne Maßregelung und bar jeden Gefühls.

Simon zog die Schultern hoch. »In die Männer mag der Teufel gefahren sein«, murmelte er, »und sie in Perchten verwandelt haben.«

»Unsinn«, sagte Ganner grob und nahm Erl, der mit flackerndem Blick zurückgekehrt war, den Eimer mit Wasser ab. Dann machte er sich daran, die Wunden der Männer zu reinigen.

Ganner wusch Fuchs und Haas notdürftig. Fuchs wand sich nur ein wenig unter den Berührungen, während Haas leise aufstöhnte. Schließlich wandte sich Ganner an Erl und Simon, die ihn unschlüssig beobachteten.

»Ich wäre nun gern mit den Gefangenen alleine.«

Man konnte sehen, dass sich bei diesem Satz ein körperlicher Widerstand in Erl und Simon bildete.

»Sind Sie sicher? Ein Mann Gottes ist in solchen Situationen doch meist vonnöten!«, sagte Simon hastig.

Eifrig nickte Erl und stimmte zu. »Ich kann Ihnen auch gern zur Hand gehen, Herr Untersuchungsrichter.«

Ganner zog eine Augenbraue in die Höhe. »Wie großmütig von Ihnen«, entgegnete er scharf und schälte sich aus seinem schwarzen Mantel. »Jedoch verlangt meine Arbeitsmoral von mir, mit den beiden Verdächtigen alleine zu sein.«

Widerstrebend verließen Simon und Erl den Verschlag.

Ganner grinste breit und zeigte kalt seine blitzenden Zähne.

»Nun«, sagte er und duckte sich ein wenig, sodass er mit den beiden Gefangenen – zwei Häufchen zerschundenen Elends, wie er fand – auf Augenhöhe sein konnte. »Wir müssen ein Gespräch führen. Also, was habt ihr am Abend getan, an diesem«, er machte eine Pause, »lodernden und besonderen Abend?«

Es war interessanterweise der schwerer verletzte Haas, der zuerst antwortete.

»Ja … ja … wir waren bei der Martha Baumgartner.«

Ganner nickte. »Und ihr habt da mit ihr zusammen gegessen?«, fragte er.

»Das haben wir«, kam es nun trocken und kehlig aus Fuchsens Mund.

Ganner knackte kurz mit den Fingern. »Und dann, meine Herren?«

Fuchs richtete sich ein wenig auf, das Heu raschelte unter seinen Ellbogen. »Dann sind wir in die Scheune gegangen, um zu schlafen.«

Ganner horchte auf. »In die Scheune der Baumgartnerin?«, wollte er wissen.

Haas nickte, und Fuchs tat es ihm gleich, noch ein wenig eifriger und bemühter als der Größere, Hagere.

Die Baumgartnerin habe ihnen das angeboten und dafür nichts berechnen wollen, fuhren die beiden fort. Dann seien sie von Schreien aufgewacht. Danach hätten sie Feuer gesehen und den Rauch gerochen. Sie seien hinübergerannt zum Haupthaus und hätten die Leichen erblickt und seien dann weggelaufen.

Hier unterbrach sie der Untersuchungsrichter. »Warum weggelaufen?«, fragte er scharf.

Schweigen.

»Wenn man nichts Böses getan hat«, fuhr Ganner fort, »warum ergreift man dann die Flucht? Habt ihr nicht versucht zu helfen?«

Fuchsens Oberlippe begann zu beben. Haas schloss die Augen, sodass Ganner die zarten Sommersprossen auf den Lidern sehen konnte.

»Die Leichen … sie haben furchtbar ausgesehen«, erklärte Haas matt.

»Und dann hattet ihr es mit der Angst bekommen, man könne euch verdächtigen?« Ganner ließ sich nach hinten ins Heu sinken.

»Ja«, flüsterte Fuchs.

Da seien sie geflohen.

»Ich verstehe.«

Das war es, dachte Ganner. Mehr würde er heute aus den beiden wohl nicht herausbekommen. Nein, die Fragen zu deren

Lebensumständen würde er morgen stellen, die beiden waren zu erschöpft. Der kleine Kerl mit den feisten Armen und dem pausbäckigen Gesicht zitterte wie verrückt, während der Hagere wie erschlagen dalag. Ganner stand auf. Da fiel sein Blick auf einen Fleischrest, der in der Ecke lag.

»Wo habt ihr denn den her?«, wollte er wissen.

»Oh … bitte … nichts erzählen«, stotterte Fuchs.

Ganner winkte ab. »Das hier ist nicht mein Schlachtfeld«, erklärte er. »Ich mache nur meine Arbeit.«

»Der Idiot war's!«, wisperte Haas.

Mit einer leichten Kopfbewegung gab Ganner sein Staunen preis. »Nicht schlecht«, meinte er. »Ziemlich schlau für einen Idioten. Und sehr menschlich für jemanden, der angeblich spinnt, findet ihr nicht?«

Die beiden sahen ihn nur mit aufgerissenen Augen an.

»Der Sepp ist früher ein belesener Knabe gewesen. Nur irgendwann ist er sonderbar geworden über seine vielen Bücher …«, versuchte Simon, der gerade wieder den Raum betreten hatte, zu erklären.

»Was suchen Sie hier?«, herrschte Ganner ihn an, woraufhin der Priester sich unter den Worten duckte und sich wieder nach draußen zurückzog.

Stille.

»Werden Sie uns töten?«, fragte schließlich Fuchs.

»Wart ihr's?«, entgegnete Ganner.

Haas schüttelte verzweifelt den Kopf. Wie müde die Knaben aussahen, dachte Ganner.

»Bitte helft uns!«, flüsterte nun der Feiste mit bebenden Lippen.

Das war ihm dann doch zu viel. Es war Zeit, zu gehen.

Streit

Früher

Erls Miene war finster, seine Augen loderten.

»Warum hast du ihn holen lassen?«, murrte er.

Simon wich seinem Blick aus.

»Immerhin ist doch klar, was geschehen ist«, fuhr Erl fort. »Die Löter waren es, das ist offensichtlich!«

Simon stimmte ihm zu, versuchte, Erl zu beruhigen. »Aber dennoch«, erklärte er sich, »der Untersuchungsrichter muss in solchen Fällen kommen und den Fall untersuchen. Es ist Pflicht des Dorfes, die Stadt zu verständigen, auf dass alles in den Akten erfasst werden kann.«

Erl jedoch fluchte. »Amelia muss ihre Familie beerdigen können und ihre Ruhe haben dürfen. Sonst wird für sie alles nur noch schlimmer!«

In dem Moment trat Ganner aus dem Verschlag und winkte ihnen. »Ich würde«, sagte er, »den Herrn Dorfpriester gern alleine sprechen.«

Erl nickte gezwungen und wandte den beiden widerstrebend den Rücken zu.

»Nun«, sagte Ganner, als Erl, eine krumme Figur im Lodenrock, langsam am Horizont verschwand, »was haben Sie über die Martha Baumgartner denn zu berichten, Hochwürden?«

Simon seufzte. »Über Tote schickt es sich nicht, schlecht zu sprechen.«

Ganner horchte auf. »Was wollen Sie damit sagen?«

»Also«, wich Simon ungeschickt aus, »Frau Baumgartner ist, sagen wir, ein wenig vom Weg abgekommen, seit ihr Mann vor einigen Jahren verstorben ist.«

»Das heißt?«

Simon zuckte mit den Schultern. »Manch einer der Männer aus dem Dorfe hat sie des Nachts gern aufgesucht.«

Ganner betrachtete die zarte, schmächtige Gestalt des Priesters. Sah, wie dessen Hände sich übereinander zusammenkrampften, sodass die Knöchel weiß wurden.

»Immerhin hat sie Fremde beherbergt und dann auch noch Kinder bekommen«, versuchte Simon, Martha in ein nicht zu schlechtes Licht zu rücken.

Ganners Augenbraue wanderte wieder fragend in die Höhe. »Verstehe. Und von wem, wenn ich fragen darf?«

»Offensichtlich von den Fremden«, erklärte Simon.

»Sind Sie sicher?«

»Nun, ihr Mann war ja schon zu lange verstorben.«

Ganner seufzte.

»Hat sich denn die Martha Ihrer Meinung nach noch etwas anderes zuschulden kommen lassen, Hochwürden?«, fragte er dann.

Wind rauschte in den Bäumen. Ein Knacken ertönte abseits des Weges. Wohl der Wind, der durch die Bäume fuhr. Dennoch zuckte Simon sofort wieder das Bild der Percht in den Kopf.

Er erinnerte sich an die Worte seines alten Mütterleins: »Kommt aber die Percht in das Haus, so bringt sie nur Unglück, weshalb man daher am letzten Rauchabend drei Kreuzlein auf die Fensterstockrahmen macht und auf die Türen die Anfangsbuchstaben der Namen der Heiligen Drei Könige zu schreiben hat, mein Junge! Dies ist gut gegen alle bösen Feinde des Menschen; auch die Percht kann nicht mehr in das Haus, wenn an den Türen und Fensterstockrahmen die Zeichen des letzten Rauchabends angebracht sind!« Aber warum hatte die Percht die Baumgartnerin nicht auch mitgenommen?

Lächerlich, dachte Simon und schob die kindischen Gedanken von sich.

»Hochwürden«, wiederholte Ganner. »Ob sie sich sonst noch etwas zuschulden hat kommen lassen, die Martha Baumgartner?«

Simons Unterlippe bebte ein wenig. »Nein«, sagte er leise.

Eine Weile war es unangenehm still zwischen den beiden Männern.

»Entschuldigen Sie mich«, meinte Simon schließlich mit einem Blick, der seltsam nach innen ging.

Ganner nickte und sah der hageren Gestalt mit dem schütteren rötlichen Haarflaum nach, die sich langsam entfernte.

Als er den Nachhauseweg antrat, dachte Ganner nach. Seltsame Zustände herrschten hier im Dorf. Es gab nun schon mehrere Männer, die er eines Mordes an Martha Baumgartner bezichtigen könnte. Hans Erl beispielsweise, auf den der Dorfidiot, der kein richtiger Idiot war, wie Ganner fand, sondern ein verstörtes Genie mit einem gewissen Hang zur Verzweiflung – schließlich kannte er ja Texte von Goethe –, gedeutet hatte. Die zwei jungen Kerle indes schienen kein Motiv zu haben, auch wenn sie nicht naiv waren. Ganner dachte nach. Ob einer der beiden anderen Männer ein dunkles Geheimnis verbarg? Er versuchte sich Hans Erls Gesicht vorzustellen, das verschlossen aussah, vielleicht auch ein wenig wütend, das aber nicht das Gesicht eines Menschen war, der einen dermaßen brutalen Mehrfachmord verüben konnte. Oder doch?

Ganner überlegte. Dann visualisierte er noch einmal Simons Gesicht vor seinem inneren Auge. Der rigide Blick, die zarten Hände mit den hervortretenden Knöchelchen, alles das löste in Ganner eine tiefe Abwehr aus. Der Dorfpriester schien einer zu sein, dem es hauptsächlich um Frieden ging und darum, dass keines seiner Schäfchen sonderlich litt und alles moralisch zuging. Außerdem war er anfällig für Furcht, das war Ganner sofort aufgefallen. Auf der anderen Seite: Seine Arbeit hatte ihn gelehrt, dass die brutalsten Mörder nach außen hin oft wie die sanftesten Menschen wirkten.

Begegnung

Früher

Als Ganner auf dem Weg zu seinem nächsten Verhör war, sah er auf der Landstraße eine gebückte Gestalt gehen. Ganner näherte sich mit strammen, raschen Schritten und erkannte schließlich den Dorfidioten, unter dessen Schuhen der Kies nur so knirschte. Kaum war Ganner neben ihm angelangt, fuhr er auf, presste die Lippen zusammen und begann, sein Tempo zu erhöhen.

»Sepp!«, rief Ganner. »Sepp mit dem Speck.«

Er musste zugeben, dass der Dorfidiot ihn immer mehr interessierte. Er schien etwas zu verbergen. Warum sonst hatte er so einen seltsamen Satz über Erl verloren? »Erls Frau ist tot«, hatte Sepp gerufen, als er ihm auf dem Waldweg begegnet war. War Martha Erls »Frau«, also seine Geliebte, gewesen? Hatte Erl am Ende mit Martha geschlafen, so wie wohl viele andere in dem Dorf? Was wusste dieser seltsame Knabe?

»Sepp!«, rief Ganner, während er neben dem Dorfidioten herlief.

Der duckte sich wie unter einem Hammerschlag und zog die Schultern hoch. Ganner jedoch war unbeirrbar. Es galt, die Wahrheit über den brutalen Mord an der Baumgartnerin herauszufinden. Das war seine Arbeit. Und er brannte für sie. Je brutaler, je dunkler die durch Menschenhand herbeigeführten Tode, desto spannender fand er es.

Während der schmächtige Sepp begann, sich in Trab zu setzen, ging auch Ganner rascher. Der Junge hub an zu laufen. Ganner seufzte. Konnte man es ihm nicht ein bisschen einfacher machen? Er knackste mit seinen Fingern, bewegte sich immer rascher und streckte schließlich die Hand nach Sepp aus. Der Junge winselte.

»Ruhig, ruhig!«, flüsterte Ganner in das helle, dünne Haar

des Idioten und blickte an die Stelle zwischen seinen Augen. Ganner wusste, dass man mit Menschen wie diesen verfahren musste wie mit Tieren. Man durfte sie nicht direkt anblicken.

»Ich will dir nichts tun«, sagte er also leise, die Stirn des Dorfidioten fixierend, in dessen blasses, zart gezeichnetes Gesicht.

»Blut, brennen«, stammelte Sepp und begann seinen Oberkörper hin- und herzuwiegen, sodass Ganner Mühe hatte, ihn festzuhalten. Aber er wandte seinen Blick nicht von der hellen Stirn.

»Sepp«, sprach er, »Sepp, mein Freund! Ich weiß, dass du den beiden das Fleisch gebracht hast.«

»Wer reitet so spät durch Nacht und Wind?«, murmelte Sepp, und auf seinen Lippen bildete sich Schaum.

»Ruhig«, flüsterte Ganner, »ruhig«, und wunderte sich insgeheim, dass der Idiot den Text dieses großen Dichters kannte. Der Junge war offenbar kein gewöhnlicher Wahnsinniger, er war einer der verschreckten großen Geister, die verwirrt in einem falschen Körper hausten.

»Knabe«, sagte Ganner, »du hast Fuchs und Haas Fleisch gebracht. Hab ich recht?«

Sepp drehte den Kopf zur Seite. Immer noch bebten seine Lippen.

»Hab ich recht?«, insistierte Ganner und drehte Sepps Gesicht sanft wieder in seine Richtung.

Der Idiot schüttelte den Kopf, nickte dann und zuckte mit den Schultern.

»Siehst du«, sagte Ganner, der das als Bestätigung deutete. »Und nun, Sepp, willst du mir helfen? Dich für Redlichkeit, Ehrlichkeit, Gerechtigkeit einsetzen? Dann sage mir: Was ist mit der Baumgartner Martha passiert in dieser Nacht? Wenn die beiden Männer es nicht waren?«

Sepp sah Ganner mit einem Mal in die Augen. Es war ein Blick ohne Mitte, ein Blick ohne Ich, dachte Ganner. Hatte am Ende der Dorfidiot die Baumgartnerin auf dem Gewissen?

»Der Erl«, wisperte nun der Idiot, »der liebt die Martha, so wie viele Männer sie lieben.«

Ganner zog eine Augenbraue in die Höhe. »Hat Erl denn die Martha auf dem Gewissen?«

»Es hört doch jeder nur, was er versteht«, sagte Sepp leise.

Wieder ein Satz des großen Goethe, staunte Ganner.

»Keine Angst«, wisperte er und strich dem Jungen über das weizenfarbene Haar.

»Wir erschrecken über unsere eigenen Sünden, wenn wir sie an anderen erblicken«, sagte Sepp. Dann riss er sich los und verschwand in der Ferne.

Erls Geschichten

Früher

Als Erl an diesem Abend nach Hause kam, war er müde und traurig. Er sah die verschreckten Gesichter des Fuchs und des Haas vor sich, immer wieder stiegen sie vor seinem inneren Auge auf, drängten sich in die Ritzen zwischen seinen Gedanken und stahlen ihm den Atem.

Nachdenklich betrat er die Stube.

»Hans«, lächelte Anna sanft, die am Tisch saß.

Erl betrachtete sie und das Mädchen und erkannte nicht ohne eine gewisse Regung des Wohlwollens, dass Amelia diesmal ihren Milchbrei brav ausgelöffelt hatte. Sie drehte nun auch den Kopf zur Seite und sah ihn an. Es schien, als hätte Annas Warmherzigkeit sie ein wenig beruhigt. Erl seufzte tief und fest.

»Ich bring dich ins Bett, Kind«, sagte er und näherte sich Amelia, einen Anflug von Demut im Blick. Aus den Augenwinkeln konnte er beobachten, wie Anna lächelte und aufstand, die Teller vom Tisch zu räumen.

Währenddessen hob Erl Amelia sanft auf den Arm, die es geschehen ließ, während sie die neue Puppe nach wie vor fest umklammert hielt. Er trug das Kind ins Schlafzimmer und deckte es zu.

»Soll ich dir ein Geheimnis erzählen?«, fragte er nach einigen langen Momenten des Schweigens.

Das Mädchen nickte ernst und blickte ihn aus hellen Augen an.

»Es gibt ein magisches Pferd«, flüsterte Erl, während er unsicher seine breite, kerbige Hand auf die Stirn des Kindes legte, »das läuft ganz schnell.«

Stille.

»Wie der Hansl laufen kann?«, wollte Amelia schließlich wissen.

»Nein«, rief Erl aus. »Viel, viel schneller.«

»Ist das wahr?«, wisperte Amelia und rang vor Begeisterung nach Atem.

»Ja, und weißt du, wie es heißt?«

»Nein!«, rief Amelia aus.

Erl sah sie mit großen Augen an. »Es heißt Wind!«, sagte er.

Da lächelte das Mädchen, und seine Augen glänzten freudig.

Erl freute sich mit. Er hatte das Kind faszinieren können. Doch schon schien es wieder nachdenklich zu werden.

»Du, Hans«, sagte Amelia.

»Ja?«

»Ich bin traurig.«

Nun war er ratlos. »Dann … sei traurig«, sagte er und merkte, wie sein Blick zu glitzern begann. Verstohlen wischte er sich die Tränen aus den Augenwinkeln.

»Warum soll ich das sein?«, fragte Amelia.

»Ich weiß nicht. Weil es nun mal traurig ist, das Leben. Vielleicht …«, murmelte Erl.

Stille.

»Aber auch die Gefühle sind nur wie das Wetter. Weißt du, woher das Wetter kommt, mein Kind?«, fragte Erl, der nun fieberhaft versuchte, wieder eine Geschichte zu finden, das Mädchen abzulenken.

»Nein.« Amelia schüttelte den Kopf.

»Das machen die Engel. Sie würfeln. Bei einer ungeraden Zahl wird es schön, bei einer geraden schlecht.«

Die Augen des Mädchens begannen wieder ein wenig zu leuchten. »Oh!«, sagte es.

Erl lächelte. »Und je nachdem, ob eine Zwei oder eine Vier gewürfelt wird, kommen dann Regen oder Schnee hinzu«, fuhr er fort.

Amelia lächelte zaghaft. »Darum ändert sich das Wetter wohl so oft.«

»Ja!«

»Jetzt verstehe ich.«

»Ja. Wie die Gefühle. Und außerdem spielen die Engel das Spiel alle zehn Minuten, weißt du?«

»Aha.« Amelia schien zu überlegen. Vielleicht sah sie die Engel auch gerade vor sich.

»Ja«, bestätigte Erl.

Stille.

»Ja«, wiederholte Amelia irgendwann.

Als Erl das Licht löschen wollte und sich erhob, begann das Mädchen noch einmal.

»Ich bin traurig. Ich vermiss die Mutter.«

Hans Erl griff nach ihren kleinen, weichen Händen. »Ich weiß.«

»Wo ist sie?«, wisperte das Kind.

Erls Unterlippe bebte. Doch er antwortete ruhig, gefasst: »Da, wo das Licht ist.«

»Dann wär sie doch hier im Zimmer«, meinte Amelia.

»Das ist sie auch, irgendwie«, sagte Erl und rieb sich die Augen.

Schweigen.

»Sie fehlt mir. Wo kann ich sie noch mal sehen?«, fragte Amelia.

»Da musst in den Himmel gehen …«, entgegnete Erl traurig.

Amelia hielt kurz inne.

»Ich wär gern ein Engel«, sagte sie dann.

»Engel haben keinen freien Willen.«

»Was ist das?«, wollte Amelia wissen.

»Was wir Menschen brauchen«, wich Erl aus.

Dann umarmte er das Kind noch einmal und zog es an sich.

Wie still wir sind, dachte er, während er Amelias ruhiger werdendem Atem lauschte. Es erstaunte ihn.

»Zuerst«, murmelte Erl, »waren wir Stein. Dann Pflanze. Dann Tier. Spät ist der Mensch dran.«

Er wusste nicht, woher diese Gedanken kamen. Nie hatte er sich groß gefragt, warum er auf der Welt war.

Irgendwann sagte Amelia in die Dunkelheit hinein: »Du, Hans?«

»Ja, Kind?«

»Da war überall Blut.«

Er biss sich auf die Unterlippe. »Ja, Kind.«

»Und«, fuhr Amelia fort, »gebrennt hat's.«

»Ich hab das Feuer zu löschen versucht«, sagte Erl, dem das Herz wehtat.

Amelia nickte und schwieg kurz.

»Die Mutter hat ›Helfts mir!‹ geschrien«, sagte sie dann.

»Ja«, sagte Erl schlicht, und in seiner Brust zog es, wollte etwas zerreißen. Doch die Zeit ging weiter. Und Amelia atmete, atmete noch.

Als es Nacht wurde, fühlte sich die Stille wie Heimkommen an. Da lag ein grobschlächtiger Mann mit einem Kind in den Armen und weinte.

Amelias Erinnerungen

Danach

Als Amelia den Feldweg hinaufstreift, den Weg ihres Lebens gleichsam im Geiste zurückgeht, schluckt sie eine der Tollkirschen, und die Wirkung bleibt nicht lange aus. Vor ihrem inneren Blick sieht sie kleine, zarte Geschöpfe, die leichtfüßig umherwandeln. Elfen sind es. Sie stehen auf einer Wiese und drehen sich, drehen sich, aber wenn man sie fragen würde, was sich da dreht, dann würden sie es gewiss nicht wissen, denkt Amelia, oder? Elfen sind nämlich ohne Ich! Sagt sie sich. Sie drehen sich also um einen Mittelpunkt herum, den sie nicht haben. Sie sind ja selbst die Welt. Es sitzt kein Herz an einem rechten Fleck. Sie sind selbst ganz Herz. Ganz Schöpfung. Sie sind rund, ohne Anfang und Ende. Diese Wesen haben auch keine Sprache. Sie sind nämlich auch selber Wort. Sie müssen nicht reden. Sie beantworten alle Fragen. Die Elfen sind wie der Wald. Es gibt die Strukturen in der Rinde, von denen sie nicht zu trennen sind. Und den ganzen Tag tun sie nichts anderes als das: sich hin- und herwiegen mit dem Wind. Ja, sie sind Wesen wie der Wind. Und sind die Tropfen, die in ihm umhergepeitscht werden. Gepeitscht sind sie, diese Elfen. Sie sind Wesen als Ströme, als in sich selbst treibende Flöße.

Amelia betrachtet die Elfen, die schon nicht mehr inneres Bild, die schon ganz real sind, und möchte nie wieder reden.

Da erinnert sie sich an ein Gespräch mit dem Dorfpriester Simon, das sie geführt hat, als sie über den Tod ihrer Mutter sprach. Damals muss sie wohl siebzehn Jahre alt gewesen sein.

»Alle Wege sind anders«, hatte Simon gesagt. »Manche werden alt, und manche sterben eben vor ihren Müttern.«

Es hätte Amelia trösten sollen. Doch sie war traurig geblieben.

Sie lenkt den Blick wieder auf die tanzenden, lachenden Wesen. Und weiß mit einem Mal: Diese Elfen sind ewig. Sie können nicht abbrechen, sie fallen nicht aus dem Rahmen der Existenz. Aber sie übernehmen eine Verantwortung, obwohl sie keine Kontrolle haben. Sie sind ein reiner Spiegel ohne Grund. In einem dunklen Wort. Sie haben weder Anfang noch Ende. Ihre Hände sind Vögel. Sie umarmen die Welt, sie sind überall, sie helfen, sie heilen. Sie brauchen keinen. Sie lieben alle. Sie sind frei. Und Amelia sieht sich selbst. Sieht sich als eine dieser Elfen, ohne Mitte, ohne Ränder, die Arme geöffnet. Als Kind. Sie sieht sich ins Feuer laufen. Doch sie weiß nicht, ob es ein Bild ist, das sie sich gemacht hat, von sich als Mädchen, später, im Nachhinein, oder ob sie es tatsächlich so erlebt haben mag. Auf jeden Fall helfen die Elfen nicht. Denn plötzlich lodert es in ihr, ist heiß, so heiß, dass sie das Gefühl hat, fast zu ersticken. Beinahe stockt ihr der Atem. Amelia hört ein Knistern. Es ist Feuer, das Holz auffrisst. Dazu mengen sich auf einmal Schreie. Sie sind laut, tierisch, auf gewisse Art und Weise auch fremd und monströs. Keine Geräusche, die sie einem Menschen oder Tier zuordnen könnte. Doch auf einmal schießt ihr ein Wort in den Kopf. Perchten!, denkt Amelia und merkt, wie ihr schwindelt.

Sie erinnert sich an das, was man ihr als Kind über diese Wesen erzählt hat. Dass die Perchten durch die Luft reiten würden, hieß es da, und dort auch Rastbänke hätten. So würden ihnen Baumstücke, auf denen drei Kreuze oder ein Drudenfuß ausgehackt waren, als Schlafort dienen.

Von einer besonderen Percht ging auch die Sage, fällt es ihr jetzt ein, sie sei einmal sehr müde gewesen, doch nirgends fand sie eine Ruhestätte. So wanderte sie einher, bis sie an einen kleinen Baumstumpf kam. Welch ein Glück! Die Percht nahm müde Platz und rang nach Atem. Dann befahl sie dem Stumpf, groß zu werden – und siehe da, er begann tatsächlich zu wachsen! Er wurde rasch zum Baum, als solcher gefällt – und schließlich baute man eine Wiege aus seinem Holz. Und keines der Kinder, das man darin schlafen ließ, starb ohne Nachfahren. Amelia seufzt. Sie selbst hat keine Nachkommenschaft, denkt sie jetzt und legt den Kopf schräg. Ob tatsächlich eine Percht in den Ästen der Bäume hocken mag?

Streit mit Kratter

Früher

Als Ganner von dem Gespräch mit dem Idioten und dem Verhör von Anne Maurer, einer Freundin Martha Baumgartners, nach Hause kam, war er ein wenig erschöpft. Doch in dem Hof, in dem er gastierte, erwartete ihn eine böse Überraschung. Kaum betrat er die Stube des Gasthofs, erblickte er seinen Kollegen Professor Dr. Kratter. Erstaunt starrte er in dessen schiefes Gesicht mit der großen, hart gezeichneten Nase.

»Herr Kollege«, beeilte sich Ganner zu sagen und den Sachverständigen freundlich zu begrüßen, doch Kratter hatte den anfänglichen Missmut in Ganners Zügen nicht übersehen. Er lächelte bitter und drückte Ganners Hand.

»Nun«, sagte Kratter, »Sie können sich denken, warum ich hier bin?«

Ganner schwieg. Man sah ihm auf die Finger, dachte er, das war es.

»Ich gehe Ihnen zur Hand«, kam es auch schon von seinem Gegenüber. Kratter lächelte und klopfte Ganner auf die Schulter. »Ich mache die Arbeit, die Sie nicht zustande bekommen. Während Sie sich mit Lappalien herumschlagen, habe ich den Löschtrupp verhört. Konrad Ebster hat, als man die Kerle festnahm, ein Messer in der Tasche des einen gefunden, auf dem Blutspuren zu sehen sind. Und gab an, dass das Messer vom Baumgartnerhaus stamme. Es sei ein richtiges Pinzgermesser gewesen.«

Ganner blickte zu Boden. Das war es also. Kratter wollte ihn bloßstellen.

»Und«, fuhr dieser indes unbeirrt fort, »Untersuchungen haben ergeben, dass ebendiese Blutspuren nicht nur von dem

Knaben, sondern auch von der Baumgartnerin stammen müssen.«

Ganner blickte ihn erstaunt an. »So schnell haben Sie –«

»Es waren die Löter«, sprach Kratter unbeirrt weiter, während die Wirtin des Gasthofs, in dem sie eingekehrt waren, den beiden gewürztes Fleisch und Knödel servierte. Auch einen Laib Brot stellte sie auf den Tisch. »Ganz sicher haben sie die Tat begangen.«

»Das sind unsere Schwarzplenten«, sagte die Wirtin, die nun einen Teller auf den Tisch schob.

Kratter nickte.

»Sie haben sich bewährt. Sind alt wie Kraut, Weizen, Gerste«, fügte sie hinzu.

Ganner lachte rau auf. Schwarz war hier noch manch anderes, dachte er. Und auch er merkte, wie er sich innerlich immer dunkler und dunkler fühlte.

Professor Dr. Kratter jedoch lächelte der drallen Frau, die mit wackelndem Gesäß wieder ihren Tisch verließ, wohlwollend hinterher und begann rasch zu essen.

»Sie müssen hungrig sein«, sagte Ganner.

Es widerstrebte ihm, einen freundlichen Ton anzuschlagen, denn von jeher hatte zwischen seinem Vorgesetzten und ihm eine eher kalte Stimmung geherrscht.

Kratter kaute mit halb offenem Mund, hastig und ungesittet. »Wir sind hier, um zu arbeiten«, sagte er, während er aß.

Ganner versuchte, ebenfalls zu essen. Er schnitt, hielt inne, betrachtete die runden teigigen Knödel und fragte sich, wie diese wohl zu so einem Namen kamen.

»Also waren's die Löter, oder?«, sagte Kratter kauend und fuhr, ohne eine Antwort abzuwarten, fort: »Dann schlag ich vor, wir beenden den Fall. Es gibt genug interessantere Ereignisse in Innsbruck.«

Ganner rang nach Atem. »Herr Vorgesetzter«, sagte er, »ich halte es nicht für offensichtlich, dass die Löter den Mord an Martha Baumgartner begangen haben. Laut meiner Untersuchung wurde er mit einem Schürhaken und durch Würgen verübt, nicht mit einem Messer.«

Kratter hielt im Kauen inne und blickte auf. »Es geht nicht darum, was Sie wovon halten!«, sagte er scharf.

Ganner merkte, wie ihm der Knödel breiig und schwer im Mund wurde. »Sehen Sie, auch der Dorfpfarrer könnte den Mord verübt haben. Oder der Dorfidiot. Oder auch Hans Erl ...«

»Wer ist das?«

»Ein Bauer, der wahrscheinlich mit Martha Baumgartner geschlafen hat.«

»Haben sie das nicht alle?«, fragte Kratter kühl.

Ganner staunte. Offenbar wusste Kratter Bescheid.

»Ich jedoch habe noch weitere Indizien«, versuchte es Ganner erneut.

»Tatsächlich? Ich lausche.«

»Sepp, der –«

»Sie sprechen von dem Dorfidioten?« Kratter lachte höhnisch.

»Ja, ich –«

»Ich bitte Sie!«

Ganner fühlte sich niedergeschmettert. Mit einem Mal verschlug es ihm die Sprache. Er betrachtete ratlos seine Fingernägel. Es ging nicht um den Fall, wusste Ganner plötzlich. Das war ein Machtspiel, nichts anderes. Kratter wollte ihn am Boden sehen.

Mit ausdrucksloser Miene starrte er ins Leere und hing seinen Gedanken nach.

»Als einer meiner ehemaligen Studenten«, meinte Kratter schließlich, »sollten Sie gefälligst meinem Weg folgen.«

Mit diesen Worten schob er seinen Teller von sich und stand auf. Dann fügte er hinzu: »Morgen Nachmittag werden wir die beiden nach Innsbruck überführen!«

Unglaublich, dachte Ganner, wie schnell der Sachverständige gegessen hatte, während seine eigene Mahlzeit fast unberührt geblieben war. Und nun auch noch das! Morgen schon, einfach so!

»Ich empfehle mich«, sagte Kratter.

Stille. Nur das Flämmchen, das auf dem Tisch brannte, zuckte immer wieder auf.

Marias Wahnsinn

Früher

Dass der Druck stieg, wurde Ganner am nächsten Morgen klar, als in der Dämmerung bereits laute Schreie auf dem Dorfplatz ertönten. Wütend stand er auf und sah aus dem Fenster. Was er da erblickte, machte ihn stutzig. Eine nackte Frau stand neben der Pferdetränke, die Arme ausgebreitet, die Brüste wie Birnen baumelnd. Ganner zog sich rasch an und lief hinaus. Es waren bereits einige Männer gekommen, die brabbelnde, schreiende Wahnsinnige in ein Tuch zu hüllen.

»Maria Bischofer, Bäuerin«, wisperte Simon, der neben Ganner in der Menge aufgetaucht war, ihm zu.

Ganner wurde fast schlecht. Der Himmel schien ihm zu hell, der Tag zu laut. Er hatte Mühe, nicht ins Straucheln zu kommen. Denn er erinnerte sich, dass man von der Frau bereits berichtet hatte. Sie hatte die Leichen gesehen und war über deren Anblick in eine Art Wahnsinn verfallen.

»Wo bringen Sie sie hin?«, fragte Ganner, als man die Bäuerin in eine Kutsche hievte. Doch er wusste Bescheid: Die Irrenanstalt in Innsbruck würde es werden.

Ganner seufzte. Er drehte sich um und blickte in Kratters Gesicht, das ihm in diesem Moment wie ein Mahnmal erschien. Rasch setzte er sich in Bewegung und verließ den Platz.

Ganner eilte noch einmal an den Tatort. Er schritt den Hof ab, untersuchte den Stadl und wagte sich schließlich – fast als hätte er Angst – in die großteils abgebrannte Küche. Da fand er Teile einer Wollweste, die aus irgendeinem Grund unversehrt geblieben war. Und auf ihr, deutlich erkennbar: Blut. Dass das Blut mit dem Mord zu tun haben musste, lag nahe, denn Konsistenz und Beschaffenheit zeigten, dass es nicht älter sein konnte als einige Tage. Indes musste die Wollweste einem Manne gehören, so viel war ersichtlich. Einem nicht allzu großen. Und diese sah nicht so aus, als gehörte sie einem der beiden Tagelöhner. Nein, es war eher eine Art der Kleidung, die Bauernmänner trugen. Ganner schüttelte den Kopf und merkte, wie er innerlich aufatmete. Vielleicht würde dieses Kleidungsstück ihm neue Informationen beschaffen? Er hoffte es inständig, schon alleine, um Kratters erstauntes Gesicht zu sehen. Ganner merkte, wie in ihm Hoffnung zu keimen begann.

Erls Drängen

Früher

Anna bereitete wie eh und je das Mittagessen. Dennoch herrschte eine besondere Stimmung, denn überall im Dorf wusste man inzwischen Bescheid: Die beiden Löter waren verhaftet worden und würden heute nach Innsbruck gebracht werden; die Beweislage sprach offenbar für sich. Erl saß bereits neben der stummen Amelia am Tisch und redete auf sie ein.

»Was besprecht ihr da?«, fragte Anna, die mit einem Topf Schnalser Nudeln, die sie liebevoll mit einer Prise Salz, gesottenen Erdäpfeln, Butterschmalz und Mehl zubereitet hatte, an den Tisch kam.

»Die Löter waren's«, fuhr Erl, seine Frau ignorierend, fort, auf das Mädchen einzureden. »Der Fuchs und der Haas. Das hast du doch gesehen, Amelia, oder? Du hast das gesehen. Das musst du allen erklären. Glaube mir. Und dann ist alles Elend vorbei.«

Amelia schwieg.

»Du musst das einfach nur sagen. Den anderen sagen. Dann ist Ruh, Kind, weißt«, raunte Erl nun, seinen Tonfall ändernd, da keine Antwort kam, doch das Mädchen reagierte immer noch nicht.

»Lass sie«, sagte Anna und fuhr mit dem Löffel in den Topf, um Amelia einen Schöpfer der Nudeln zu geben.

»Weißt«, sagte Erl, »dann könntest du für immer bei uns bleiben, und alles wird wieder gut.« Er blickte das Mädchen flehend an.

Immer noch schwieg Amelia. Anna sah, wie Hans mit Mühe die Tränen unterdrückte. Sie hielt in ihrer Bewegung des Schöpfens inne. Was war nur mit ihrem Mann los? Woher kam diese

Besessenheit? Sie wollte ihn jedoch nicht mit ihren Aussagen behindern. Sie war eine demütige Frau.

»Esst«, sagte sie deshalb und strich dem Kind über die blassen Wangen, »solang es noch warm ist, esst.«

Doch Amelia schien keinen großen Appetit zu haben. Zunächst spielte sie mit den Nudeln, dann presste sie immer wieder die Puppe an die Brust.

»Ich will ›Still‹!«, rief sie plötzlich und begann zu weinen.

»Was willst du?«, fragte Anna, die ein wenig müde war und ungehalten wurde, was ihr sonst nicht entsprach.

»›Still‹!«

»Das Lied«, sagte Erl, während er Amelia auf seine Schenkel hob und begann, mit sanfter Stimme zu singen. Anna beobachtete mit Staunen, wie das Kind in seinen Armen ruhiger wurde. Gleichzeitig schien auch Erl beruhigt, sanfter als zuvor. Anna lächelte leise. Etwas Zartes lag im Raum. So als wären gleich drei Wunden geheilt. Das Essen indes wurde kalt.

Magdalena

Früher

Die Zeit drängte, das hatten Kratters Besuch sowie Marias Wahnsinn ihm gezeigt. Ganner beschloss, das Verhör fortzuführen. Er suchte Magdalena auf, eine alte Freundin Marthas.

Sie war eine Weberin, eine Frau mit schlicht-schönem goldbraunen Zopf, deren Haut von hellen Sommersprossen gesprenkelt wurde.

»Sie wissen, warum ich hier bin?«, fragte Ganner.

Magdalena nickte. Sie sah traurig aus, doch nicht verstört. »Ja. Es geht um die geliebte Martha.«

»Sie mochten sie sehr?«

»Ja!« Erneut ein Nicken.

»Wissen Sie, wie Marthas Verhältnis zu Hans Erl war?«, fragte Ganner ohne Umwege.

»Nach dem Tod des Hausherrn«, sagte Magdalena, »hat der Hans sich redlich um die Witwe gekümmert. Die beiden haben einander sehr gemocht.«

»Was heißt das?«

»Dass er sozusagen der neue Mann im Haus gewesen ist.«

»Und Anna?«

Magdalena lächelte. »Anna ist ein Engel. Sie hat's freilich gutgeheißen.«

Ganner dachte nach. »Und dann?«, fragte er schließlich.

»Dann kam Amelia auf die Welt. Keiner wusste so recht, wer der Vater ist«, sagte Magdalena und errötete.

Ganner stieß einen Pfiff aus. Seine Spur schien richtig zu sein!, dachte er befriedigt.

»Und Sie haben nicht zwei und zwei zusammengezählt?«

»Viele Männer suchten die Martha auf«, wich Magdalena aus. »Sie war eine schöne Frau.«

»Und Max, der Jüngste?«, fragte Ganner, sich an die zertrümmerte Schädeldecke des Säuglings erinnernd.

Magdalena blickte zu Boden und schwieg eine Weile. Schließlich sagte sie, dass Martha darüber nicht geredet habe, dass sie aber im Dorf wegen ihres liederlichen Lebens geächtet gewesen sei. Sie habe ja drei Kinder von unterschiedlichen Männern gehabt. Manch einer habe ihr auch vorgeworfen, dass sie eine Art Zauberin oder Hexe sei und die Männer mit ihrer Hexerei verführe. Der Simon vor allem – der habe sie regelrecht gehasst.

Ganner nickte. Nun, das war wohl keine besonders neue Information, dachte er.

Nackt

Früher

Es war die Wut auf Kratter, der ihm ins Handwerk pfuschte, die Ganner nun antrieb. Er schritt mit finsterer Miene zum Verschlag und riss die Türe auf. Da lagen diese tölpeligen Gestalten doch immer noch im Heu! Mit harten Griffen zerrte er die beiden Taugenichtse hoch und hieb auf sie ein, dabei Kratters Visage vor dem inneren Auge. Fuchs zuckte kurz zusammen, während Haas keine Reaktion zeigte.

»Ausziehen«, herrschte Ganner die beiden dann an. »Na los. Ich will eure Kleidung haben!«

Unter Schmerzen schälten sich die Taugenichtse aus ihrem Gewand. Ganner hörte Haas stöhnen und Fuchs schreien. Mit der Kleidung ausgestattet, verließ er den Verschlag. Alles lief falsch hier, dachte er und starrte in die Sonne, bis es wehtat.

Dann machte er sich an die Arbeit. Er untersuchte hastig die Gewänder der beiden Gefangenen. Lodenrock, Wollstrümpfe, Unterhemd. Nichts wies darauf hin, dass etwas seltsam sein könnte.

Nur die Blutflecken, mit denen sich die Westen der beiden nach der Folter durch Erl vollgesoffen hatten, erschütterten ihn. Je weiter er sich durch den Stoß Ober- und Unterkleidung arbeitete, desto stutziger wurde er. Nicht nur Blutflecken waren zu sehen; vielmehr entdeckte er auch Spuren von Eiter, Schleim und Urin.

Ganner blickte stirnrunzelnd auf. Was konnte die Bauersleute nur veranlasst haben, einen dermaßen heftigen Gewaltausbruch zu veranstalten?

In diesem Moment betraten Hans Erl und Pfarrer Simon die Szenerie. Ganner beobachtete sie und fand im Stillen, dass der Bauer und der Priester ein überaus seltsames Paar seien.

Während der eine, nämlich Erl, eher klein und stark war, das Haar ihm in braunen Locken vom Kopfe stand und die runden Augen aus dem markanten Gesicht herausstachen, war der Priester von großer, zierlicher Gestalt, das Haar schütter und hell und seine Haltung aufrecht.

Ganner rief die beiden Männer zu sich. »Meine Herren!«

Hans Erl zog die Schultern hoch und eilte dem Untersuchungsrichter entgegen, während Simon seine Schritte weder verlangsamte noch schneller fortsetzte.

»Nun sagt mir«, sagte Ganner, »welche Prügel haben die beiden Gefangenen eingesteckt?«

Die Männer schwiegen.

»Und wie ist das Ganze nach der Gefangennahme abgelaufen?«, fuhr Ganner fragend fort.

»Was tut das zur Sache?«, brummelte mürrisch der geduckte Erl.

Mit einem Male merkte Ganner, wie ihm die Sache zu viel wurde. »Antworten Sie!«, herrschte er Erl an, Kratters Gesicht vor dem inneren Auge, und zog ihn am Kragen ein wenig näher zu sich heran.

Nun blickte Ganner ihm in die Augen. In braune, tiefe Augen, deren Blick verschreckt war, angstvoll, von einem stummen Wahnsinn gezeichnet.

»Antworten Sie gefälligst«, wiederholte er, ruhiger nun. »Und stellen Sie keine dummen Fragen. Das Fragenstellen überlassen Sie lieber mir, verstanden?«

In diesem Moment sah sich der Dorfpfarrer gezwungen, einzuschreiten. Simon griff beschwichtigend nach dem Arm des Untersuchungsrichters und erklärte mit sanfter Stimme, wie er die beiden jungen Männer in der Berghütte vorgefunden habe.

»Wieso«, fragte Ganner, »sind die Mäntel der Verdächtigen nicht von Blutspuren gezeichnet?«

Erl zog die Schultern hoch, während Simon zu Boden sah.

»Nun, die beiden sind ohne Mantel verprügelt worden«, erklärte er wahrheitsgemäß.

»Wieso das?«, fragte Ganner und blickte Erl an.

Dieser fixierte seine von der Arbeit verdreckten Fingernägel und schwieg. Da kroch in Ganner erneut die Wut hoch. Er wollte nach dem Hemd des Bauern greifen, ihn zu sich herziehen, doch Simon fasste wieder und noch sanfter nach seiner Hand.

»Sprich doch, Hans«, sagte er und blickte in das verschwitzte Gesicht von Erl.

Stille.

Schließlich hub der Bauer an, zu reden. »Ich wollte sie … sie demütigen.«

Schweigen. Ganner knackte mit den Fingern.

»Ich wollte sie immer nackter werden sehen«, fuhr er fort, und seine Lippen begannen zu beben. »Wie Hunde.«

Ganner nickte. »Sie waren also ohne Mantel? Und warum haben sie nicht das Hemd auch ausgezogen?«

Wieder dauerte es einen Moment, ehe der Bauer antwortete. »Nun«, meinte er, »ich wollte eigentlich, dass sie es auszogen, aber …«

Ganner zog eine Augenbraue in die Höhe. »Ja?«, fragte er.

»Dann hat die Wut mich übermannt«, gestand Erl und atmete tief ein und aus.

Ganner seufzte. Dann gab er den Auftrag, man möge den beiden Verdächtigen frische Kleider bringen, und fing an, die Hemden, Röcke und Strümpfe in einen Sack zu packen.

»Das Kind«, sagte er dann – plötzlich müde geworden –, bevor er Erl und Simon stehen ließ. »Ich werde es erneut befragen müssen. Doch zuvor bringe ich die Kleidung der Löter in Sicherheit. Sie mag wichtige Spuren der Tat aufweisen.«

Mit diesen Worten entfernte er sich, während er zum Gruße seinen Zylinder lüpfte.

Erl blickte ihm nachdenklich hinterher.

»Aber Herr Ganner«, rief er plötzlich aus, und Schweiß bildete sich auf seiner Stirn.

»Ja?«, tönte es.

Der Untersuchungsrichter hatte sich nicht umgedreht.

»Was spiele ich dabei für eine Rolle?«, wollte Erl wissen, während er dem Mann im Gehrock hinterherblickte. Doch Ganner verschwand, eine hagere, hochgewachsene Gestalt, in der Ferne.

»Besser, du legst dich nicht mit ihm an.« Simon klopfte Erl freundschaftlich auf die Schultern, stets um Milde und Ausgleich bemüht.

»Was hast du denn damit zu schaffen?«, fuhr dieser ihn indes an.

Simon wich ein Stück zurück. Seit dem Abend nach der Verfolgung hatte er Angst vor Hans Erl.

»Mein Freund«, sagte er, »wir müssen zusammenhalten.«

Erl betrachtete ihn bitter. »Ach ja?«

Simon nickte. »Es gilt, das Dorf vor Fremden zu schützen.«

»Du tust so, als wär dir die Baumgartnerin immer lieb gewesen!«, rief Erl aus. »Doch du hast sie verachtet. Gib es zu!«

Simon wusste nicht recht, wo er hinblicken sollte. »Beruhige dich«, flüsterte er eindringlich.

»Gewettert hast du gegen sie! Von der Kanzel herab! Dass sie eine Hexe sei!«

Simon schwieg betreten.

»Hab ich nicht recht?«

»Ja«, versuchte Simon, Hans Erl zu beschwichtigen.

»Am Ende«, rief Erl aus, »hast du sie noch auf dem Gewissen!«

Simon blickte Erl an, der die Augen weit aufgerissen hatte und ihn in schierer Rage anstierte. Da bekam er es erneut mit der Angst zu tun. Es dauerte, bis er sich wieder gefasst hatte.

»Ich rate dir etwas«, sagte er schließlich leise, aber eindringlich.

»Und was?«, fragte Erl herausfordernd.

»Ich rate dir, deine Zunge zu hüten. Damit man nicht am Ende dich des Mordes bezichtigt, da du es so vehement abstreitest«, sagte Simon.

Da blieb Erl still.

Simon musterte ihn. Wie seltsam es war, den Mann einzuordnen, dachte er, und dass er keine Idee hatte, wie er ihn greifen könnte.

»Ich empfehle mich«, sagte schließlich Erl und entschwand mit leicht gebücktem Gang, während Simon ihm nachsah. Was war, fragte er sich, nur für ein seltsamer Geist in seine Schafe gefahren?

Fragen

Früher

Wenig später schon saß Ganner wieder in der trauten Stube bei Anna und Erl, in der das Licht des Kienspans flackerte. Ihm gegenüber befanden sich der Bauer, seine Frau und die kleine Amelia. Während das Mädchen und Anna ihn aus großen Augen anblickten, sah Erl verstört zu Boden.

»Mein Kind«, sagte Ganner süßlich und blickte Amelia an, der die hellen Locken immer wieder in die Stirn fielen, da sie ihr Häubchen gelöst und auf den Tisch gelegt hatte. »Nun sage mir, denn du hast es gesehen: Wer hat das Feuer gemacht? Waren es die beiden Löter?«

Amelia blickte ihn, nach ihrer neuen Puppe greifend, fragend an. »Wer?«, sagte sie.

»Der Fuchs und der Haas.«

Das Mädchen nickte und lächelte kurz. »Die Schelme«, sagte es, und ein Grübchen bildete sich um den rechten Mundwinkel.

Ganner stutzte kurz. »Hast du sie besser gekannt?«

Amelia nickte. »Haben Verstecken gespielt.«

Sieh einer an, dachte Ganner, aber er sprach nicht weiter, denn es galt, alles genauestens zu hören, was aus dem Kindermunde drang.

Doch Amelia schwieg wieder.

»Du mochtest sie?«, fragte Ganner.

Das Mädchen zuckte mit den Schultern.

»Wie auch immer«, sagte er jetzt schärfer. »Haben sie das Feuer gemacht?«

Stille. Ganner griff nach den kleinen, fast weißen Händen, die die Puppe umklammert hielten.

»Amelia«, wiederholte er, unruhig werdend, »das ist wichtig.

Haben diese beiden deine Mutter getötet? Und anschließend ein Feuer entfacht?«

Das Mädchen reagierte nicht.

Nun fuhr ihm wieder dieses verdammte Bild dazwischen, dieses Gesicht. Es war Kratters Gesicht, und es grinste hämisch. Eine Fratze, die sich langsam zu verwandeln schien, der Haare wuchsen und schreckliche Zähne, bis sie aussah wie eine Percht.

Ganner wischte sich über die Augen und blinzelte kurz. Jetzt hatte der Wahnsinn der einfachen Dorfleute ihn angesteckt! Es war ihm alles über den Kopf gewachsen, er war nicht mehr Herr seiner Sinne.

Anna indes, aufmerksam, wie sie war, war aufgestanden, einen Brei zu richten.

Das Mädchen antwortete immer noch nicht.

»Nun, Amelia«, versuchte es Ganner erneut, »waren die beiden an jenem Abend Gäste bei euch?«

Schweigen. Der Boden knarrte. Erls Blick war gegen die Flammen gerichtet und schien ebenso zu lodern wie diese.

»Waren sie überhaupt bei euch?«, versuchte es Ganner ein letztes Mal.

Doch er bekam keine Antwort.

Da mischte sich Anna, die eben dabei war, die Holzteller auf den Tisch zu stellen, ein und sagte, Erl könne immerhin bestätigen, dass die beiden am Abend der Tat da gewesen seien. Da müsse man das arme Kinde doch gar nicht befragen!

Ganner rieb sich die Augen. »Was soll das heißen?«, fragte er und sah Hans Erl an.

Der hatte den Blick nicht von der Flamme genommen, und seine Miene blieb ausdruckslos, als Ganner ihn fixierte.

Anna wandte sich nun auch an ihren Mann. »Na, er war ja am Abend selbst auch da gewesen oder etwa nicht?«, versuchte sie es lächelnd und streifte sich ihre vom Kochen nassen Finger an der Schürze ab.

Jetzt hob Erl seine Augen und blickte säuerlich drein.

Ganner bleckte die Zähne. Das war die Höhe! Da bemühte

er sich seit Tagen, mehr über den Tathergang herauszufinden, und nun stellte sich heraus, dass Erl an jenem Abend der Tat vor Ort gewesen war.

»Warum zur Hölle«, rief er, »haben Sie das nicht eher gesagt?«

»Ich hab ja nichts gesehen!«, versuchte Erl, sich zu verteidigen.

Ganner zog bloß eine Augenbraue hoch.

»Aber ja«, stotterte Erl, »ich bin kurz bei der Martha gewesen.«

»Wann sind Sie gekommen und wann wieder ins Dorf zurückgegangen?«, fragte Ganner scharf.

Erl zuckte mit den Schultern. Irgendwann sei er halt wieder weg.

Nun kam Anna mit einer Schüssel Brei wieder. Doch sie hatte das Gespräch offenbar gehört.

»Die Tat muss kurz danach geschehen sein«, schlussfolgerte sie, »denn Hans ist ja vor Amelia im Dorf angekommen.«

Ganner betrachtete das Weib. Sie war sichtlich aufgeregt und freute sich, weil sie diesen guten Gedanken gehabt hatte. Offenbar wollte sie die Aufmerksamkeit von der Befragung des Kindes lenken, um es zu schützen. Erl hingegen entgleisten für einen Moment die Gesichtszüge. Das entging dem Untersuchungsrichter nicht.

Nun brach es aus Ganner heraus, unkontrolliert, plötzlich. »Sind Sie Amelias Vater?«, fragte er.

Stille im Raum. Anna räusperte sich und begann, die breiige Masse auf die Teller zu klatschen. Erl indes spielte unbedarft mit seinen Fingern. Er schien weder verstört noch erstaunt, nur ein wenig müde sahen seine Züge aus, die im Kerzenschein flatterten.

»Es gibt ja einige böse Geschichten über Martha Baumgartner, darum frage ich«, insistierte Ganner.

»Sie meinen, vonseiten des Dorfpriesters?«, fragte Anna sanft.

Ganner blickte sie an. »Ja«, sagte er, erstaunt über deren Gelassenheit. Hätte sie sich nach seiner Frage nicht angegriffen fühlen müssen?

Anna aber lächelte. »Wer ohne Sünde ist, der werfe den ersten Stein«, sagte sie schlicht.

»Haben Sie auch noch etwas anderes zu sagen jenseits kluger Sprüche?«, wollte Ganner wissen, dem das Weib suspekt wurde.

»Martha war eine besondere Frau«, meinte Anna. »Ich habe ihre drei Kinder auf die Welt gebracht.«

»Zwei davon waren unehelich«, unterbrach Ganner sie.

Anna blickte ihm auf die Stirn und hörte nicht auf zu lächeln. »Gute Kinder«, sagte sie. »Wie alle Kinder gut sind.«

Ganner kaute und schluckte. »Sie müssen es wissen.«

»Ich bin Hebamme«, entgegnete sie nickend.

Ganner staunte, dass die Frau seine Autorität nicht akzeptierte. Solch ein Verhalten war er in einem Bergbauerndorf nicht gewohnt.

»Ihre Gattin sollte ihre Zunge hüten«, sagte er zu Hans Erl.

»Sie meint es nur gut«, gab dieser zurück.

Anna sah auf ihren Teller und begann zu essen.

»Und, was haben Sie dazu zu sagen?«, beharrte Ganner.

Hans Erl blickte ihn an. Sein Ausdruck war nicht zu deuten.

Stille.

»Sind Sie Amelias Vater?«, fragte Ganner eindringlich.

Anna sah zu Boden.

»Nein«, sagte Hans Erl, und es kam im Brustton der Überzeugung.

Wieder schwiegen sie kurz.

»Aber«, fuhr Erl dann mit leicht zitternder Stimme fort, »ich wäre es gern. Von nun an nämlich!«

Ganner griff nach dem Löffel. Es war genug, dachte er. Genug der Sentimentalitäten und der Halbwahrheiten. Heute würde hier nichts mehr passieren. Er aß schweigend, bis er schließlich sagte: »Ich ordne an, Hans Erl, sich mit Amelia bereitzuhalten. Sie werden bald zum Verfahren erscheinen müssen.«

»Wann genau?«, fragte Erl mit rauer Stimme.

»Das kann ich nicht sagen«, antwortete Ganner.

Da fuhr Anna dazwischen. »Warum das Kind?« Ihre braunen Augen, die, wie Ganner fand, ein wenig an die Augen einer Kuh erinnerten, blitzten besorgt.

»Also«, sagte er, »das muss ich Ihnen doch nicht erklären?«

Anna sah ihn unverwandt an. »Doch«, sagte sie, und ihr Blick war entwaffnend.

»Nun«, sagte Ganner ein wenig milder, »das Kind ist der einzige Zeuge.«

»Aber … aber …« Anna geriet ins Stocken.

»Was, aber?«

»Sie ist ein Kind. Kaum der Sprache mächtig!«

»Ich weiß«, sagte Ganner. »Keine andere Möglichkeit als die, das Mädchen zu befragen, wenn wir Licht in diese Angelegenheit bringen wollen.«

Betretenes Schweigen ging von Anna aus. Amelia indes aß mit großem Appetit.

»Und wenn sie sich weigert, zu sprechen?«, fragte Anna tonlos.

Ganner schluckte herunter und sah Hans Erl an. »Sie wird reden«, sagte er bestimmt.

Er erhob sich, schüttelte dem Paar höflich die Hand und machte sich auf. Nun würde er wohl oder übel mit den beiden Gefangenen aufbrechen müssen. An Kratters schadenfrohes Gesicht mochte er nicht einmal denken.

Altes, neues Erkennen

Danach

Auf dem Weg zum abgebrannten Hof kommt Amelia eine zarte Gestalt entgegen. Sie ist müde und verwirrt, doch die Gestalt ist ihrer Seele auf alte und seltsam fremde Art und Weise nahe: Es ist Sepp, der Dorfidiot.

»Wer reitet so spät durch Nacht und Wind?«, fragt er.

Amelia öffnet den Mund, doch aus ihr kommt kein Ton. Sie starrt nur. Starrt den schmächtigen Mann an, der sie mit einer seltsamen Form von Weisheit im Blick ansieht. Für einen Moment kreuzen sich ihre Blicke, und die beiden erkennen sich wieder, wie damals, auf dem Dorfplatz. Amelia spürt eine ferne Erinnerung, sieht eine Pferdetränke, steinernen Boden, sieht ihren Rock, ihre kleinen Hände, sieht, wie sie ihre Knie umklammert.

»Ein jeder Engel ist schrecklich«, sagt der Sepp zu ihr.

Amelia schaut zitternd zu Boden.

»Weißt noch«, fragt Sepp, »wie ich dir die Geschichte erzählt hab, damals, an der Tränke der Pferde?«

Amelia schüttelt den Kopf. Sie möchte antworten, etwas sagen, doch noch immer findet sie keine Worte. Als Sepp sich bereits aufmachen will, um zu gehen, schafft sie es schließlich, zu sprechen.

»Sepp«, sagt sie fast tonlos, »bitte berichte mir mehr.«

Der kleine, zarte Mann wippt ein wenig hin und her und blickt auf einen Punkt irgendwo zwischen ihren Augen.

»Wie war meine Mutter?«, fragt Amelia, plötzlich verzweifelt.

»Ein jeder Engel ist schrecklich«, wiederholt Sepp und grinst.

»War sie ein Engel?«, möchte Amelia wissen.

Sepp zuckt mit den Schultern. »Ich hab dir auch erzählt von Engeln an dem Tag! Wie die brannten, alle!«

»Wirklich?«, sagt sie und hängt flehentlich an seinen Lippen.

»Ja«, sagt Sepp. »Du kamst gelaufen. Vielleicht geflogen. Wie einer von denen.«

Amelia klammert sich an seinen Arm, will ihn zu sich herziehen, als würde sie mit ihm ihre ganze Vergangenheit an sich ziehen, zu sich zurückziehen können.

Da schreckt Sepp auf und stößt sie abrupt von sich.

»Warte«, ruft Amelia, »warte doch, Sepp!«

Doch der kleine Mann ist schnell, das Weglaufen hat er früh gelernt. Er ist bereits ins Dickicht geschlüpft, ehe Amelia den Mut fassen kann, ihm zu folgen. Sie möchte erneut seinen Namen rufen, dem Schemen nachgehen, der da zwischen den Blättern hindurchschimmert. Doch noch bevor aus ihrer Kehle ein Laut dringt, ist der Schatten auch verschwunden, lautlos wie eine Katze, ein Lufthauch, ein Geist. Amelia blickt auf ihre Hände hinab.

Immer noch hält sie die Tollkirschen in ihrer Hand, fest umklammert. Amelia schiebt eine weitere in den Mund.

Grabensberger schreckt aus dem Schlaf hoch. Er wischt sich über die Augen. Ein seltsamer Traum hat ihn ereilt. Er schüttelt sich, versucht, sich zu erinnern. Was übrig geblieben ist, sind ein schaler Geschmack im Mund und ein vage loderndes Bild, das ihm bedrohlich und zu nahe erscheint. Er schließt die Augen, erkennt in der Erinnerung, dass es Flammen sein müssen.

Grabensberger neigt weder zu einer übertriebenen Dramatisierung, noch misst er Träumen im Normalfall eine besonders große Bedeutung bei. Aber er ist in Besitz einer guten Intuition. Er richtet sich auf und stellt die Beine auf den Boden. Sein Gefühl sagt ihm, dass es notwendig ist, sie zu sehen. Sie, diese Frau, deren Geschichte ihm nicht mehr aus dem Kopf geht. Das besondere Wesen mit dem entrückten Ausdruck in den Augen, dem feinen Antlitz, dem hellen Haar.

Aufbruch

Früher

So brach der Nachmittag an. Ganner stand bereits bei seiner Kutsche. Ein Gefangenentransport aus schwerem Metall war für den Fuchs und den Haas vorbereitet worden.

Während es zu dämmern begann, kamen der Dorfpfarrer und Anton auf den Platz. Der junge Schmied trieb die beiden Löter vor sich her, während Simon, den Blick zu Boden gesenkt, voranschritt. Es hatte sich bereits ein Mob gebildet, der die Straße säumte. Als die Fremden daran vorbeikamen, begannen die Dorfbewohner, faules Essen auf die beiden zu werfen. Schimmlige Kartoffeln flogen durch die Luft, nach wenigen Momenten klebte Dotter auf Haas' Schultern. Ganner staunte. Was für unzivilisierte Menschen das waren, dachte er. Wie der Hass in ihnen zu brodeln schien. Und das, obwohl die Baumgartnerin nicht beliebt gewesen war! Aber so war das eben, die Fremden waren stets die noch größeren Feinde als die Bewohner im Dorf, wusste er Bescheid.

Erl und Amelia indes standen etwas abseits Hand in Hand da und betrachteten die Szene. Amelia erblickte in diesem Moment einen Verbündeten, der sie mit wippendem Oberkörper ansah: Sepp. Ihre Miene erhellte sich.

Er stand genau gegenüber von Erl und ihr und deutete über den Platz. Doch da öffnete er den Mund und sagte seltsame Worte, die Amelia verstörten.

»Er war's«, rief nämlich der Sepp, »er war's, er war's, er war's …«

Dabei sprang er fröhlich umher.

Und seine Finger zeigten auf Erl. Dieser blickte sich um. Konnte ihn jemand sehen? Fiel Sepps Gehöhne der Meute auf oder gar dem Untersuchungsrichter?

Offenbar nicht. Denn Ganner war damit beschäftigt, sich von Simon zu verabschieden. Dann setzte er sich auf den Vordersitz der Kutsche, während man die Gefangenen in deren Innenraum verfrachtete. So saß er da, aufgerichtet, mit blitzenden weißen Zähnen, und ließ die Peitsche knallen. Langsam setzte sich das schwere Gefährt in Bewegung.

Immer noch flog fauliges Essen durch die Luft.

»Er war's«, schallte es wieder über den Platz.

»Er sollte das Maul halten, zum Teufel!«, herrschte nun Simon den Dorfidioten an.

Amelia blickte Sepp in die Augen, der die Schultern hochzog und dennoch weiter hin- und hersprang.

Während die Kutsche verschwand, deutete Sepp, unbeeindruckt von Simons Bemühungen, ihn zum Schweigen zu bringen, immer noch in dieselbe Richtung.

»Er war's!«

Niemand außer Erl und Amelia jedoch bemerkten, dass Sepp auf Erl zeigte. Amelia hielt Erls Hand fest umklammert. Sie spürte zwei Verbindungen, die sie in entgegengesetzte Richtungen zogen. Eine nach vorn, zu dem Idioten hin, und eine zur Seite, da, wo Erl stand. Sie wählte Erl. Sie drückte seine Finger. Ihre Berührung wurde erwidert.

Verbrannte Wurzeln

Danach

Der Mond scheint, als Amelia den alten abgebrannten Hof erreicht. Sie dreht ihre Runden, verstört, verwirrt. Nur langsam und in kreisförmigen Bewegungen nähert sie sich dem Hof, der zu Teilen in Schutt und Asche daliegt, genau wie damals in ihrer Kindheit. Sie schreitet noch einmal alles ab.

Zunächst das Hauptgebäude, das Haus. Es war konstruiert wie andere Bauernhäuser auch. Neben einem Wohntrakt, in dem sie, die Schwester, die Mutter, der Bruder und die Großmutter gemeinsam lebten, gab es einen Stall für die Tierhaltung, einige Lager sowie einen Unterstand für ihre Geräte, den Pflug, die Äxte, das Geschirr für die Pferde. Daneben umfasste der Hof zwei weitere kleine Wohn- und Wirtschaftshäuser, zwei Stallungen, eine Scheune, einen Schuppen sowie ein Gärtchen mit Brunnen. Ein Teil der Stallungen ist immer noch erhalten, wie sie beruhigt feststellt.

Weiter hinten haben sich die Speicher zur Lagerung oder Zwischenlagerung von Futtermitteln und Ähnlichem befunden, fällt es ihr ein. Davon ist nur noch einer in Teilen übrig. Amelia starrt zu Boden. Sie kann kaum einen klaren Gedanken fassen. Ihr Atem geht stoßweise und schnell. Wie allein ihre Mutter gewesen sein muss nach dem Tod ihres Mannes, denkt sie auf einmal. Allein wie sie selbst, Amelia.

Sie erinnert sich an »Salome«, an die niederschmetternde Musik, das Ziehen in ihrem Herzen, das diese ausgelöst hat. Es kommt ihr vor, als gäbe es keinen Platz in der Welt für sie. Erl, der Letzte, der ihrem Herzen teuer war, hat sie ein Leben lang betrogen. Und Anna ist tot. Ob sie mehr über den Mord gewusst hat? Ihr schaudert. Was mag die gütige Frau darüber gedacht haben? Immer war sie sanft, erinnert sich Amelia, immer hat sie mit ihrer Gutmütigkeit die Stimmung im Haus milde gemacht, hat Hoffnung gegeben, hat die Menschen um sich herum gestärkt. Amelia spürt, wie ihre Knie weich werden, wie sie langsam nachgeben. Sie muss sich setzen.

Im Gärtchen, neben dem steinernen Brunnenrest, nimmt sie Platz. Die Birken aus ihrer Kindheit fallen ihr ein, und es scheint, als dringe ihr Rauschen bis in die Gegenwart zu ihr herüber. Dabei weiß sie: Auch die Bäume sind mit ihrer Mutter, der Schwester, dem kleinen Max und der Großmutter verbrannt. Amelia möchte etwas fühlen, aber da ist nichts zu finden. Nur immer wieder die alten Bilder, die ihr zwischen die Gegenwart schießen: Käfer, Feuer, Brandgeruch, das Knacken von loderndem Holz.

Amelia sucht nach einem stärkenden Gedanken, nach etwas, das sie an das Leben binden könnte. Doch es ist nichts übrig. Einzig die verzerrte Fratze Simons aus ihrem Traum, die vor ihrem geistigen Auge auftaucht und die sie mit einem Mal an ein Monster erinnert, existiert noch.

»Geh weg von mir«, sagt Amelia, und sie merkt nicht einmal, dass sie mit sich selbst redet.

Aber ihre Worte sind ohne Gefühl, der Schock ist zu groß, es ist, als wäre ihr Kopf in Watte eingehüllt.

Sie sitzt lange einfach nur da und starrt ins Leere. Dann öffnet sie die Hand.

Teil 3

Wer reitet so spät durch Nacht und Wind?

Die Reise

Später

Amelia schreckte hoch. Sie war eingenickt und erwachte nun von einem lauten Geräusch. Es dauerte einen Moment, bis sie zu sich kam. Und plötzlich begriff sie, dass es kein Traum gewesen war. Sie saß tatsächlich in einer Kutsche, auf Erls Schoß, der seine kerbigen Hände um ihre Taille gelegt hatte. Amelia blinzelte und lüpfte ein wenig den Vorhang zum Fenster.

Als sie hinausblickte, sah sie, dass ihre Kutsche mit einem Karren zusammengestoßen war. Und was war das für ein Rücken? Es dauerte einen Moment, bis sie die Schultern des Dorfpriesters erkannte. Simon stand vor der Kutsche und schien mit einem Mann zu streiten, dessen Augenbrauen buschig waren und auf dessen Kopf ein riesiger Hut thronte.

»Können Sie nicht aufpassen?«, sagte der Mann.

»Verzeihung!« Simon strich sich das schüttere helle Haar aus der hohen Stirn. Doch sein Gegenüber reagierte kaum. Fluchend über das Bauernpack zog der Mann weiter, dessen Karren Teil des Zusammenstoßes gewesen war.

Man hatte ihr von der Stadt erzählt: dass sie weit weg sei, man mit der Kutsche dorthin fahren müsse, über die holprigen Wege, die verschlungenen Gassen hinweg. Vielleicht ein Abenteuer? Und sie, Amelia, war einfach eingeschlafen. Sie sah aus dem Fenster, dachte nach und begann dabei zu träumen.

Sie hatte einmal in einem Märchen gehört, dass die Stadt und das Land einer wundersamen Kaiserin gehörten, die ihr Haar aufhängen musste, da es so schwer war. Sie sei eine Prinzessin, ein Schwan fast. Ihre Haut sei weiß, und sie trinke Rinderblut. Und ihre Taille sei so schmal, dass zwei Männerhände sie umfassen konnten.

Amelia hätte so gern einmal eine richtige Kaiserin gesehen.

Eine, die sitzend schlief, in einem wundervollen Bettchen, mit Brokatdecken und hinter Spitzenvorhängen.

Sie spähte durch die Fenster der Dorfkutsche, doch was sie sah, war nur reges Treiben auf der im Vergleich zur Dorflandschaft ebenmäßigeren Straße. Die Leute trugen Frack, Spazierstöcke und hohe Hüte, aber auch sie gingen auf zwei Beinen, hatten zwei Hände, blickten unverwandt um sich, wie Erwachsene es eben taten.

Während sie so ihren Gedanken nachhing, fuhr sie gemeinsam mit Erl und Simon langsam durch die Straßen von Innsbruck.

Erl betrachtete indes das Antlitz des Mädchens. In Amelias Augen spiegelte sich Angst, sie war offensichtlich noch nie in der Stadt gewesen, was ja, fand Erl, angesichts ihres Alters nicht weiter verwunderlich war. Für sie musste Innsbruck ein Wesen sein, ein Dämon vielleicht, ein waberndes Monster aus Menschen, Gestank und Lärm.

Der Raum um sie herum wurde dichter, lauter. In Erls Brust begann es zu ziehen. Auch er war kein Freund der Menschenmengen, kein Freund der großen Versammlungen. Sogar im Gottesdienst fühlte er sich stets eingezwängt, aus seiner Mitte herausgerissen. Das aber sagte er freilich niemandem. Wahrscheinlich wusste nicht einmal Anna davon, dachte Erl, während er aus dem Fenster blickte. Dann griff er intuitiv nach Amelias Hand.

»Alles in Ordnung?«, wollte er wissen.

Sie nickte.

»Du musst dir keine Sorgen machen«, sagte nun auch Simon, in dem das Kind, anfällig für bedürftige Gestalten, wie er war, Sympathie auslöste.

Seltsam, wie das Mädchen aus allen Menschen so eine eigentümliche Zartheit hervorholte, dachte Hans Erl, während er Simon betrachtete.

Dieser erwiderte für einen langen Moment seinen Blick.

Dann begann er zu sprechen. Denn Simon hatte nachgedacht und für sich und seine Schafe entschieden, dass es das Beste sei, wenn das Volk aus dem Dorf sich verbündete – und so auch er mit Erl, mit dem er neulich gestritten hatte.

»Ich weiß, Hans, dass wir sehr verschieden sind«, begann er.

Erl blickte zu Boden.

»Aber«, fuhr Simon fort, »wenn es darum geht, das Eigene vor dem Fremden zu schützen, so will ich das tun.«

»Ja, Hochwürden«, sagte Hans Erl.

»Wir beide wissen, dass Martha keine sehr reine Seele hatte«, erklärte Simon umständlich.

Hans Erl biss sich auf die Unterlippe. »Nicht vor dem Kinde«, bat er.

Doch Amelia hatte den Kopf zum Fenster gewandt und blickte verträumt in die Ferne.

»Sie ist zu klein, zu unschuldig, um derlei menschliches Spiel zu begreifen«, entgegnete Simon lächelnd und tätschelte Hans Erls Knie.

Dieser schwieg.

»Was ich aber sagen will«, redete Simon weiter, »ist, dass wir beide uns gegen die Löter aussprechen müssen. Denn sonst könnte der Verdacht auf uns fallen.«

Erl hob den Blick und sah Simon an. »Das habe ich auch vor!«, entgegnete er mit einem plötzlichen Anflug von Heftigkeit.

»Sehr gut!«, nickte Simon.

»Und weißt du auch, warum?«, sagte Erl, während er den Dorfpriester anfunkelte.

Dieser blickte ihn fragend an.

»Weil sie es waren!«, sagte Erl.

Für einen Moment war es still in der Kutsche.

»Ja«, sagte Simon dann. Es klang, als spräche jemand von sehr weit her zu sich selbst.

Ankommen

Später

Der Landesgerichtshof bezahlte den drei Zeugen eine Unterkunft in einem Hotel der mittleren Klasse. Amelia schlief mit ihrem neuen Ziehvater in einer Kammer, während Simon ein Zimmer für sich bekam. Was für eine Aufregung! Weder das Mädchen noch der Bauer hatten jemals Betten gesehen, die so weich waren und derartig dufteten. Für einen Moment waren der ganze Schmerz, die ganze Angst um den bevorstehenden Termin vergessen. Amelia betrachtete entzückt ein Bild, das die Wand des Hotelzimmers zierte. Es zeigte einen idyllischen Hof im Sonnenlicht. Hans Erl seufzte, denn er wusste, dass das Mädchen an seinen ehemaligen Heimathof denken musste.

»Gefällt es dir?«, fragte er und fuhr Amelia durchs Haar.

Das Kind nickte.

»Warum ist Anna nicht mit?«, wollte sie schließlich wissen.

»Einer muss doch mit dem Arbeiten fortfahren«, antwortete Erl ein wenig ratlos.

»Aber was tun wir denn hier?«, fragte Amelia. »Wir arbeiten doch auch, oder?«

Er lachte. »Ganz recht, mein Kind, irgendwie arbeiten wir beide auch!«

Am Abend vor der Verhandlung saßen Amelia, Erl und Simon beisammen vor ihrem Abendessen. Die Unterhaltung der beiden Männer drehte sich um deren Aussagen und die Prozedur am morgigen Tag. Dass es nun endlich so weit sei, und vor allem, dass es hoffentlich nicht mehrere Tage dauern würde, immerhin wartete zu Hause die Arbeit.

Amelia indes kauerte verschreckt vor ihrem Teller und rührte nichts an.

Nach einer Weile bemerkten die Männer, dass die Kleine nicht aß.

Mit einer bemüht freundlichen Geste der Vertrautheit stupste Erl das kleine Mädchen an.

»Was ist denn, mein Kind?«, fragte er.

Amelia hob die Puppe, die auf ihren Knien lag, in die Höhe und platzierte sie neben sich auf dem Tisch. Dann sah sie Erl aus großen, ausdruckslosen Augen an. Schwieg.

»Du musst essen«, insistierte Erl, der in diesem Moment wünschte, dass Anna hier wäre.

Amelia schüttelte den Kopf, sodass die hellen Locken flogen.

»Warum nicht?«, wollte Erl wissen.

Wieder kam keine Antwort.

»Weißt du«, versuchte er es erneut, während er sich durch das lockige braune Haar fuhr, »morgen wirst du deine Kraft brauchen, Kind. Denn wir müssen bei der Gerichtsverhandlung über einiges sprechen.«

Noch immer reagierte sein kleines Engelchen nicht. Erl sah, wie Amelia begann, mit den Füßen zu schlenkern und den Rocksaum der Puppe immer wieder zwischen ihren Fingerkuppen zu zwicken.

Nun mischte sich auch der Dorfpfarrer ein.

»Morgen musst du endlich den Mund aufmachen, Kind«, sagte er mit einem Unterton in der Stimme, der eine Mischung aus Güte und Strenge enthielt. »Dafür sind wir schließlich hier!«

»Lass das Kind in Frieden«, wies Erl ihn sanft zurecht. Und dann, wieder an Amelia gewandt: »Weißt du, du kannst es ruhig allen sagen.«

Das Mädchen blickte ihm fragend in die Augen.

»Na«, meinte Erl und drückte in einem Anfall von Zärtlichkeit seinen Zeigefinger in das kleine Grübchen an Amelias linker Wange, »du kannst ruhig allen sagen, dass Fuchs und Haas deine Mutter getötet haben.«

Jetzt, endlich, kam ein Wort aus dem Munde des Kindes.

»Warum?«, wollte Amelia mit großen Augen wissen.

Erl lächelte schief. »Das hab ich dir doch schon erklärt. Dann sind wir schneller daheim«, sagte er.

Als er den Kopf zur Seite drehte, erkannte er in Simons Zügen einen verwunderten Ausdruck. Erl senkte den Blick. Zu seinem Erstaunen ergriff der Priester jedoch für ihn Partei.

»Er hat recht«, sagte er und legte dem Kind seine Hand auf die Schulter. »Du musst sagen, dass es die Löter waren, ja?«

Amelia wich seinem Blick aus. »Wo ist Anna?«, fragte sie und begann zu weinen.

»Anna ist daheim, das weißt du«, mahnte Erl.

»Je braver du morgen bist, desto schneller kannst du sie wiedersehen!«, erklärte Simon unter den erstaunten Blicken Erls und lächelte schief.

»Aber ich will sie jetzt sehen«, heulte Amelia. »Und ›Still, still‹ hören. Sofort.«

Hans Erl griff nach ihr und zog sie zu sich auf die Knie. »Ist gut, mein Kind«, murmelte er. »Bald sind wir wieder zu Hause.«

Simon indes fügte angstvoll, fast flehend hinzu: »Aber nur, wenn du morgen auch das tust, was wir von dir verlangen, Kind.«

Amelias Unterlippe bebte, und sie schmiegte den Kopf an Erls Schulter. Simon aber griff nach ihrem zarten Handgelenk und blickte sie, mit einem Mal forschend, an.

»Hast du verstanden, Kind?«, sagte er mit einer Stimme, die plötzlich fürchten machte.

Amelia schwieg.

»Ja?«

Der Dorfpriester drückte zu, drückte fester zu. Amelia traten Tränen in die Augen.

»Lass sie«, sagte Erl, doch Simon hörte nicht auf ihn.

»Hör zu«, sagte er. »Du willst doch wieder zu Anna nach Hause und dein Gutenachtliedchen hören, oder?«

Amelia nickte und traute sich ob des festen Griffes nicht einmal mehr, zu weinen.

»Sei also bitte brav!«, wisperte Simon eindringlich und ließ dann Amelias Hand los.

Für einen Moment war es still zwischen den dreien. Es schien, als wären sie durch ein seltsames Schicksal dazu verdammt, füreinander einzustehen, ohne zu wissen, warum.

Zum Gericht

Später

Am nächsten Morgen brachen die drei aus dem Dorf früh zum Gericht auf. Der Landesgerichtshof war ein weißes Gebäude, in dem ihre Schritte nur so hallten. Außer in der Kirche hatte Amelia nie so einen Hall gehört. Vorsichtig setzte sie ihre Schritte, mit größter Sorgfalt ging sie durch den Empfangssaal.

»Nun schau nicht so«, sagte Erl lächelnd, obwohl er selbst von dem Gebäude fasziniert war, und fuhr dem Kind durch das helle Haar.

Sie schritten langsam die Stufen hinauf zum Gerichtssaal. Eine für Amelia riesige Treppe bestimmte das Treppenhaus. Mit großen Augen betrachtete sie die Menschen, die an ihr vorüberzogen. In der Stadt sahen sie gänzlich anders aus als am Lande. Überall wuselten sie umher, wie die Käfer, die die Birke in ihrem Garten hochgekrochen waren, rasch, nervös. Das war ihr bereits aufgefallen, als sie gestern mit dem Karren zusammengestoßen waren, und nun erschien es ihr noch drängender. Wie auch auf der Straße der Stadt sah sie wohlgekleidete Menschen mit Hüten und Stöcken, deren Auftreten ihr überaus fremd war.

Obwohl auch sie selbst, Erl und Simon sich heute Morgen herausgeputzt hatten, sahen sie doch in ihren einfachen Lodenmänteln ganz anders aus als die hohen Herren und Damen aus der Stadt. Am liebsten wäre Amelia davongelaufen wie vor einigen Monaten, als sie das Feuer hinter sich hatte lassen müssen. Sie kam sich klein vor, kleiner als sonst.

»Warum müssen wir da hinein?«, fragte sie Erl und deutete auf die offene Tür, durch die helles Sonnenlicht auf den Gang fiel.

»Das ist wichtig, mein Kind«, antwortete Erl, auf dessen

Stirn sich Schweißperlen gebildet hatten, »damit wir die Vergangenheit endlich ruhen lassen können.«

»Ich mag heim«, begann Amelia zu quengeln.

»Du erzählst ein bisschen etwas, mein Kind«, entgegnete Simon, in seiner Furcht unkontrolliert streng, und schob Amelia, die ihre Schritte verlangsamt hatte, mit starker Hand vor sich her.

Hans Erl war sanfter. »Wie wir es besprochen haben, ja?«, sagte er freundlich. »Dann sind wir schneller wieder daheim!« Er beugte sich während des Gehens ein Stück weit hinab, um dem Mädchen in die Augen zu blicken. »Ja?«

Amelia schluckte kurz und sagte dann einfach: »Ja.«

Erl lächelte sie an. »Du weißt schon. Ein wenig so, wie wir es gestern geübt haben. Ja?«

Amelia nickte und versuchte mit den großen Schritten Erls mitzuhalten.

Er verlangsamte sein Tempo. »Wiederhol es noch einmal brav«, forderte er.

»Ich sag«, antwortete Amelia artig, »dass die Löter es waren.«

»Die …?«, fuhr Erl mit einer ausholenden Geste fort.

»… meine Mutter getötet haben«, entgegnete Amelia bemüht brav.

»So ist's gut, mein Engel«, sagte Erl.

So wanderten sie, nun schweigend, Hand in Hand den Gang ins Verhandlungszimmer entlang.

Dieses wirkte auf Amelia riesig und bedrohlich. Sie konnte ihre eigenen Schritte darin nachhallen hören. Wie immer, wenn sie sich unsicher fühlte, drückte sie fest gegen Erls Hand, der die ihre in seiner umklammert hielt, und wartete darauf, dass ihre Berührung erwidert wurde.

Der Raum erinnerte sie ein wenig an die Kirche. Nur befanden sich in ihm keine Bänke, sondern Stühle, fein säuberlich aneinandergereiht.

»Erheben Sie sich«, schallte es nach einiger Zeit überlaut durch den Gerichtssaal.

Kurz darauf betrat ein Mann mit weißem Barett und loderndem schwarzen Talar den Raum.

»Der Richter«, wisperte Simon Hans Erl zu. Man erkannte ihn an seinem Barett.

Amelia fand, dass der Mann ein wenig an einen Priester erinnerte. Außer ihm waren noch die beiden Löter und außerdem zwei wichtig aussehende Herren anwesend.

»Wer sind denn die?«, flüsterte Amelia in Erls Ohr hinein, der neben ihr saß.

»Der Staatsanwalt und der Herr Gerichtsschreiber«, flüsterte er zurück und fuhr ihr liebevoll über die Stirn.

»Aha«, antwortete Amelia.

Freilich wusste sie nicht, was das bedeutete, der Staatsanwalt und der Herr Gerichtsschreiber, doch sie beschloss, es sei wohl das Beste, einfach zu nicken.

Nun war es für einige Momente unnatürlich still in dem riesigen Saal.

»Wie heißt der Priester?«, flüsterte Amelia.

»Wer?«, fragte Erl.

Sie deutete auf den Herrn mit dem schwarzen, wallenden Talar und der Kopfbedeckung.

»Das ist Richter Nischkauer«, erklärte Erl.

Amelia verstand nicht. »Was macht ein Richter?«

»Recht sprechen«, meinte Erl.

»Ist das so, als wäre man ein Engel oder eine Percht?«, fragte sie.

Da musste Erl, so unter Druck er sich auch fühlte, kurz auflachen. »Wo denkst du hin, mein Kind? Das ist so wie Schmied oder Bauer sein. Nur etwas besser.«

»Wie, besser?«

Hans Erl wusste selbst nicht, was er entgegnen sollte, und schwieg.

»Und warum hat er so einen komischen Hut?«, setzte Amelia schließlich hinzu, da keine Antwort kam.

»Das gehört so«, erklärte Erl.

»Was heißt das?«, wollte das Mädchen wissen.

»Nun«, sagte Erl, »es ist wie beim Soldaten der Helm.«

»Jetzt schweigt doch endlich!«, fuhr da Simon, den die Nervosität endgültig übermannte, dazwischen.

Hans Erl zuckte zusammen, während Amelia ihre Füße anblickte und die Puppe wieder gegen die Brust presste. Die Verhandlung schien zu beginnen.

Richter Nischkauer setzte sich umständlich auf seinen Platz. Dazu musste er erst seinen Talar zurechtzupfen und ein wenig lüpfen. Es sah nicht so schön aus wie bei Simon, fand Amelia.

Ab und zu blickte sie zu Hans Erl, dessen Hand sie immer noch fest umklammert hielt. Ihre Knöchel verfärbten sich, und sie sah sorgenvoll nach ihrer Puppe.

Fuchs und Haas wurden schließlich von zwei Polizeibeamten auf die Tribüne geführt, gefolgt von ihrem Anwalt.

»Wer sind die drei?«, wisperte Amelia.

»Zwei Polizisten und ein Anwalt.«

»Was macht der Anwalt?«

Amelia konnte sehen, wie Erl begann, nervös zu werden. Er ließ sie los, wischte seine Hände an der Hose ab und rutschte ein wenig hin und her.

»Der beschützt die beiden«, erklärte er und griff wieder nach Amelias Hand.

»Aber sie sind doch schon groß!«, wunderte sie sich.

Schließlich setzten der Fuchs und der Haas sich auf die Anklagebank. Die Polizisten postierten sich in der Nähe des Ausgangs. Der Richter verlas die Namen der Angeklagten sowie das Verbrechen, dessen sie bezichtigt wurden.

Und dann geschah es: Amelia wurde auf die Bühne geholt. Erl begleitete sie. Alles kam ihr in diesem Moment noch größer vor als sonst. Die Gesichter der Leute waren dämonisch, der Körper des Mannes in dem schwarzen Mantel warf einen riesigen Schatten gegen die Wand, eine Art Scherenschnitt. Amelia setzte sich auf den Stuhl neben Erl, der sie aufmunternd anblickte. Die erste Frage erschallte.

»Was ist denn da gewesen in dieser Nacht?«
»Es hat gebrennt«, erklärte Amelia wahrheitsgemäß.
»Wo hast du das gesehen?«, wollte der Mann wissen.
»In der Küche, Herr Präsident.«
Für einen kurzen Augenblick herrschte Stille. Der Mann neben jenem mit dem schwarzen Mantel hatte begonnen zu schreiben.
»Was ist denn da gewesen?«, war die nächste Frage.
Amelia blickte Erl an, der sie aus großen Augen anstierte. Sie hatten es doch geübt, er mit ihr, ihre Hand haltend, ganz brav hatte Amelia geantwortet. Und so antwortete sie auch jetzt: »Die Löter haben die Mutter verbrannt.«
Für einen Moment schloss sie die Augen. Nein, sie durfte diese Bilder jetzt nicht sehen. Amelia atmete tief ein und aus. Sie roch Ruß, hörte Knacken, und es flackerte, es blitzte in ihren Blick hinein.
»Hast du die Mutter früher schreien hören?«, versuchte Nischkauer es erneut.
Amelia öffnete die Augen wieder. Warum nur war es so schwer, sich daran zu erinnern? Die Schreie, das Rauschen der Birken. Sie presste ihre Schultern gegen die Lehne des Stuhles.
»Die Mutter hat geschrien: ›Helfts mir!‹«, antwortete sie brav.
Kurz war es still.
»Was ist denn da oben auf dem Hofe gewesen?«, bohrte der Richter weiter.
Amelia versuchte sich zu erinnern, was Erl ihr gesagt hatte. »Da haben sie die Schränke aufgemacht«, erklärte sie.
»Verstehe!« Richter Nischkauer nickte, und es bildete sich ein kleines Doppelkinn über seinem Hals. »Haben sie dort etwas genommen?«, fragte er dann.
Amelia nickte und versuchte zu wiederholen, was sie mit Erl geübt hatte. »Ja, die haben den Branntwein getrunken.«
Wann würde das nur aufhören?, dachte sie und sah Erl aus großen Augen an. Auch der wirkte nicht besonders glücklich. Warum war sie das einzige Kind? Und wo war bloß Anna?

Die Stimme des Richters riss sie wieder aus ihren Gedanken.

»Was hast denn dann du gemacht?«, dröhnte es durch den Raum, und mit einem Mal schien es Amelia, als käme die Stimme von ganz ferne, von weit her. Wie riesig er war, dieser Mann! Riesig und fremd.

»Im Bett geblieben bin ich und habe mich unter dem Leintuch versteckt; dann bin ich eingeschlafen, bis ich Rauch gespürt habe.«

Stille. Nur die Schreibgeräusche des Schriftführers waren zu hören, Feder auf Papier, ein wenig kratzend. Wie Krallen von Tieren, dachte Amelia. Und sie erinnerte sich wieder an die Geschichten der Perchten, die ihre Großmutter ihr erzählt hatte. Ob diese Männer hier in Wahrheit Perchten waren? Sie wirkten so monströs, so ganz und gar nicht wie die Menschen aus dem Dorf, wie der Sepp beispielsweise oder Anna. Sie trugen hohe Hüte auf dem Kopf und hatten strenge Augen, und ihre Hände steckten in Handschuhen.

»Was hast du dann getan?«, wollte der Richter wissen.

Ihre Lider flackerten. Amelia seufzte.

»Ein Röckchen angelegt, beim Fenster hinausgestiegen und hin zum Tale«, sagte sie.

Das hatte sie alles brav geübt, erinnerte sie sich. Mit Erl gemeinsam. Anna indes hatte die Stube verlassen, sie schien mit der Angelegenheit nichts zu tun haben zu wollen. Amelia wusste nicht, warum.

»Und das ist alles?«, wollte der Mann im schwarzen Mantel wissen.

Amelia umklammerte ihre Knie. Sie wollte fort, ein Glas Milch trinken, noch einmal das Lied über die Stille hören.

»Ja«, sagte sie also artig.

Hans Erl und Simon atmeten leise auf und fixierten den Richter, der das Mädchen mit strenger Güte anblickte. Nischkauer nickte schließlich. Dann war es still.

Man deutete Erl, er könne das Mädchen wieder nach hinten

bringen, was dieser auch sofort tat. Er nahm Amelia auf den Arm und trug sie von der Tribüne hinunter.

»Hans«, wisperte das Kind.

»Gut hast du das gemacht!«, sagte er. »Ich bin stolz auf dich.«

Amelia lächelte müde. »Die Männer«, fuhr sie fort, während sie mit Hans Erls braunen Locken spielte, »sind so seltsam riesig.«

Erl blickte sie verwundert an.

»Und schrecklich, wie Perchten.«

Wäre die Situation nicht so ernst gewesen, so hätte Hans Erl vermutlich gelacht. Nun aber blickte er bloß gedankenverloren das kleine Mädchen an.

»Wie kommst du nur auf diesen Gedanken?«, flüsterte er.

Indes ließ der Richter die Faust auf den Tisch schlagen. »Ruhe im Gerichtssaal!«, rief er.

Amelia begann ein wenig zu wimmern.

»Haben Sie Mitleid!«, rief Simon und erhob sich. »Ich bitte Sie, das Kind ist noch immer nicht bei sich. Seien Sie gnädig.«

Der Ausdruck in Nischkauers leicht gerötetem Gesicht wurde ein wenig sanfter. »Sie haben recht. Es ist auch zum ersten Mal in der Geschichte des Innsbrucker Landesgerichtes, dass so ein junger Mensch verhört wurde. Wir müssen gnädig sein. Gott schenke uns eine friedvolle Mittagspause.«

Mit diesen Worten erhob er sich und verließ die Tribüne. Der Rest strömte aus dem Saal.

Zeugenstand

Später

Nachdem die Mittagspause beendet und Richter Nischkauer mit seinem Gefolge wieder auf die Bühne getreten war, ließ er weitere Menschen in den Zeugenstand rufen.

Zunächst war Ferdinand Rifsbacher an der Reihe, ein kleiner grauhaariger Bauer mit unruhigem Blick. Er war einer der Ersten gewesen, die sich für die Löscharbeiten eingesetzt hatten.

Der gedrungene Mann hinkte die Treppen der Tribüne hinauf und sah den Richter mit einfältigem Blick an. Er hatte die Schultern hochgezogen und kaute auf seiner dünnen Unterlippe.

»Nun«, wollte der Richter nach den üblichen Formalien wissen, »Sie waren bei der Tilgung des Feuers dabei?«

»Ja«, sagte Rifsbacher, nicht ohne Stolz.

»Was haben Sie da genau getan?«

»Viele Eimer Wasser geholt, von der Kutsche nunter!«, erklärte Rifsbacher.

Richter Nischkauer nickte. »Haben Sie so etwas schon öfters getan?«, wollte er wissen.

»Freilich!«, ereiferte sich der alte Mann und wollte schon mit einer Anekdote beginnen, doch der Richter fiel ihm ins Wort.

»Was war das Besondere an diesem Brand?«

Ferdinand Rifsbacher blickte ihn an und presste die Lippen kurz zu einem Strich zusammen. »Nun, so einen großen Brand gab's selten in Stumm. Vor allem, weil ja kein Wetter aufgekommen war, kein Blitz eingeschlagen hatte. Aber daran denkt man erst mal nicht, man löscht nur. Ich hatte alle Hände voll zu tun. Wasser schleppen, ausschütten, weiterschleppen. Und so ein Feuer ist heiß.«

Der Richter beobachtete Ferdinand Rifsbacher, der ein wenig fahrig wirkte. Während er über die Arbeiten mit dem Feuer sprach, zuckte der Blick des Mannes unruhig hin und her. Hin und wieder sah Rifsbacher auf das kleine Mädchen herab, das neben dem Erl im Raume saß, wie um sich Hilfe zu holen.

Amelia indes war nicht mehr anwesend. Sie schlenkerte mit den Füßen von der Bank herunter und wiederholte im Kopf die Melodie ihres geliebten Liedes. »Still, still, still, weil 's Kindlein schlafen will.«

Rifsbacher fuhr mit seiner Aussage fort. Er berichtete, dass ein guter Teil des Hofes in Flammen gestanden sei. Das Feuer musste von der Küche ausgegangen sein, hatte jedoch auch begonnen, den Stadl und die Scheunen aufzufressen, und sich langsam nach vorne gearbeitet bis hin zu den drei Birken, die im Garten standen. Auch das Waldstück und ein wenig Weideland in der Umgebung habe es dahingerafft.

Der Mann sprach schlicht, das Entsetzen stand ihm ins Gesicht geschrieben, genau wie der Eifer. Nischkauer seufzte.

»Ich danke Ihnen!«, kürzte er schließlich den geschwätzigen Bauern ab. Eine kleine Pause entstand, während der der Schreiber gähnte und der Richter sich sein Barett zurechtschob, um kurz und gedankenverloren aus dem Fenster zu blicken.

Als Nächstes rief Nischkauer den jungen Steiner in den Zeugenstand.

Steiner war ein Knecht bei den Müllernagls, der immer gern mit anpackte und mit wippendem Gang erschien.

»Was haben Sie gesehen, Herr Steiner, als Sie an jenem Abend das gelöschte Haus betraten?«, fragte Nischkauer.

Der junge Mann mit dem blonden, gelockten Haar legte die Stirn in Falten und hub an, zu sprechen.

»Da waren Blutspuren«, gab er an.

»Wo?«, fragte Nischkauer.

»In der Küche«, sagte Steiner.

Nischkauer wusste, was die nächste Frage war, dennoch spielte er ein wenig mit seiner Macht, rückte nicht sofort mit seinen Sätzen heraus.

»Diese war also noch vorhanden?«, sagte er gedehnt.

»Teilweise, ja!«, antwortete der Mann.

»Und wo genau waren diese Blutspuren?«, fuhr Nischkauer fort.

Man konnte ihm ansehen, dass er den Steiner für dumm hielt. Er schien zu reden, wie ihm der Schnabel gewachsen war.

»Überall«, rief Steiner. »An den Wänden, am Boden. Auch blutige Handabdrücke einer Frau waren an der Mauer zu sehen.«

Der Richter nickte. »Und sonst?«

»Nun, der Rest war vom Brand verwüstet«, kam es zur Antwort.

»Herr Steiner«, seufzte Nischkauer und lüpfte für einen Moment seine Krawatte, »haben Sie etwas hinzuzufügen?«

»Nein«, beeilte sich dieser zu antworten, »nein, Euer Ehren, es ist, wie mein Kollege gesagt hat!«

Der Richter nickte. »Ich danke Ihnen«, sagte er. »Und bitte nun Konrad Ebster, Bauer, in den Zeugenstand.«

Das war Kratters Moment. Ganner sah wütend zu Boden. Er knackte mit den Fingern und hörte bloß widerwillig zu, wie der Ebster auf das Messer zu sprechen kam, mit dem wohl ein Teil der Tat vollbracht worden sein musste.

Konrad Ebster gab an, dass das Messer, das man blutig bei den Lötern gefunden hatte, als man sie fasste, vom Baumgartnerhaus stamme, in dem er immer wieder als Zimmermann gearbeitet habe. Es sei ein richtiges Pinzgermesser gewesen.

»Wann haben Sie es denn gefunden?«, wollte Nischkauer wissen.

»Nachdem wir die Löter im Stadl festgenommen hatten«, erklärte Ebster, ein mittelgroßer Mann mit abstehenden Ohren.

Der Richter nickte erneut.

Im nächsten Schritt wurden Auskunftstabellen, den Fuchs und den Haas betreffend, verlesen. Der Leumund der beiden Angeklagten war, wie man eruiert hatte, kaum schlechter denkbar.

»Demnach«, folgerte Kratter, der die ganze Zeit über geschwiegen hatte, nun das erste Mal laut, »sind diese beiden Kerle sittlich ganz verkommene, arbeitsscheue, tückische und zu jedem Verbrechen fähige Individuen, ohne Aussicht auf Besserung und ohne Religion.«

Kurzes Schweigen.

Erl stierte die beiden Männer an, die mit geschnürten Händen und eingezogenen Köpfen dastanden.

»Und noch etwas!«, rief Kratter, der mit seinem besonderen Kniff bis jetzt gewartet hatte. »Wie bereits erwähnt wurde auch ein Messer gefunden, das Blutspuren aufwies.«

Bei diesem Satz erbleichte Hans Erl ein wenig und rückte näher an Simon heran, während er Amelias Hand fester drückte. Doch das schien niemand zu bemerken.

Kratter bleckte seine Zähne und grinste Ganner an. »Und ich muss Ihnen wohl nicht erklären, woher die Blutspuren stammen! Sie gehören einem der Löter!«

Stille. Simon fuhr sich erleichtert über die Stirn. Kratter indes stieß einen triumphierenden Laut aus.

Die Verhandlung zog sich noch eine Weile, doch ab diesem Moment ging alles in einem seltsamen Tempo an Hans Erl vorüber. Draußen war es dunkler geworden, Wolken waren aufgezogen. Dann: Pause. Endlich, dachte Erl und sah Simon an, der mit ausdruckslosem, nach innen gekehrtem Blick neben ihm saß. Amelia war an seiner Seite eingenickt und atmete schwer.

»Bald ist's vorbei«, wisperte Erl, doch er sprach zu sich selbst.

Simon wischte sich den Schweiß von den Schläfen.

Drei Männer

Später

Nach einer weiteren Pause wurde nun Ganner vernommen. Er erläuterte aus seiner Sicht die Sachlage. Dabei wurden erneut die Indizien gegen die Angeklagten hervorgehoben.

»Ich habe Zweifel«, gab aber der Untersuchungsrichter da zu.

In diesem Augenblick hustete Hans Erl für einen Moment laut auf. Simon beeilte sich, ihm auf den Rücken zu klopfen. »Alles in Ordnung?«

Hechelnd winkte Hans ab.

Die Aufmerksamkeit jedoch blieb auf Ganner und den Richter gerichtet.

»Die Blutspuren auf dem Messer, das man gefunden hat, sind eindeutig die von Fuchs und Haas. Und auch von Martha. Oder?«

Ganner nickte widerstrebend.

»Was lässt Sie also zweifeln?«, wollte Nischkauer mit strenger Miene wissen.

»Nun«, sagte Ganner und blickte Kratter an, der wie ein Mahnmal in der ersten Reihe saß. Sollte er reden? Das war seine letzte Möglichkeit. »Die Sachlage deutet darauf hin, dass die Opfer wahrscheinlich mit einem Schürhaken und nicht mit einem Messer getötet wurden.«

»Das eine schließt das andere ja nicht aus. Und außerdem: Können Sie das beweisen?«, wollte Nischkauer wissen.

Ganner nickte. »Die Leichen wiesen eindeutige Merkmale auf. Außerdem fanden sich Spuren, die an Würgemale erinnern, dagegen keine Hinweise auf Messerstiche …«

Nischkauer blickte ihn forschend an. »Was also ist Ihre Theorie?«

Ganner atmete tief ein und aus. Er musste nun damit herausrücken. Auch wenn er nichts beweisen konnte.

»Jemand hätte den beiden das Messer auch später erst unterjubeln können«, sagte er und schwitzte dabei so sehr, dass ihm Erls bleiche Miene und Simons verdutzter Ausdruck gar nicht auffielen. Denn dies war eigentlich kein Kampf zwischen ihm und den beiden. Es war ein Kampf zwischen Kratter und ihm.

Dieser beobachtete Ganner mit düsterer, fordernder Miene.

»Erl«, hub Ganner an, »hätte durchaus Gelegenheit und Motiv gehabt, die Morde zu begehen.«

»Hans Erl?«

»Ja. Man munkelt, dass der Bauer mit Martha Baumgartner ein Verhältnis gehabt habe.«

Hans Erl wollte aufspringen, sich zu rechtfertigen, doch Simon legte ihm beschwichtigend die Hand auf die Knie.

»In einem Dorf wird so manches gemunkelt«, entgegnete Nischkauer kühl.

Ganner rang nach Luft. »Und Simon, der Dorfpriester, hätte auch ein Motiv gehabt!«, fuhr er nun fort.

Jetzt war es Erl, der Mühe hatte, Simon zu beruhigen. Er griff nach der Hand des Dorfpriesters.

»Erklären Sie sich«, forderte Nischkauer Ganner auf.

»Priester Simon, er hat Martha Baumgartner für eine Hexe gehalten«, antwortete Ganner, dem heiß und kalt gleichzeitig war, da er sich dermaßen in die Enge getrieben fühlte. Er riskierte hier seine Arbeit, das wusste er. Doch die Leidenschaft in ihm gewann noch einmal: Stets war er darauf aus, die Wahrheit zu erfahren, wenn er einen Mordfall untersuchte. Also setzte er hinzu: »So wie viele andere im Dorf auch. Man munkelte, sie verzaubere die Männer!«

Stille. Kratters Blick verdunkelte sich. Jetzt könnte er etwas über die von ihm entdeckte Wollweste sagen, dachte Ganner. Doch nun brach er nach all der Anstrengung zusammen. Mit einem Mal war ihm klar, was er da tat. Er schwieg.

»Danke, Herr Kollege«, sagte Nischkauer.

Was war nur in ihn gefahren?, dachte Ganner. Warum setzte er seine Karriere aufs Spiel? Er wusste es nicht.

Sein Atem ging schwer. Er sah, wie Erl nach Amelias Hand griff, die nicht zu verstehen schien, was hier verhandelt wurde. Er ließ seinen Blick über den Dorfpriester schweifen, der in sich zusammengesunken war. Dann blickte er wieder Kratter an, dessen Augen wütend aufblitzten.

Ich hätte schweigen sollen, dachte er, und schließlich korrigierte er sich mit bebender Stimme: »Die Indizien sprechen aber recht eindeutig gegen die Angeklagten.«

»Sehen Sie!«, rief Kratter.

»Ojemine«, murmelte Erl.

»Herrgott!«, stieß Simon aus.

Man schwieg eine kurze Weile.

»Nun«, sagte Nischkauer, »und weitere Zeugen außer dem Mädchen gibt es nicht. Das Kind hat sich doch eindeutig für Fuchs und Haas als Täter ausgesprochen.«

Ganner nickte.

Im nächsten Schritt bat man wiederum Hans Erl in den Zeugenstand. Amelia saß derweil allein auf ihrem Stuhl und starrte vor sich hin.

Erl berichtete, dass die beiden Löter am fraglichen Abend, als er bei Martha vorbeikam, bei ihr gewesen seien und dass sie ganz ruppige Zeitgenossen gewesen seien.

Der Anwalt der beiden Angeklagten brachte sich nun ins Spiel ein.

»Was haben Sie an jenem Abend bei Martha Baumgartner gewollt? Soweit ich weiß, kamen Sie erst spät nachts zu ihrer Frau Anna nach Hause.«

»Ich hab sie des Öfteren besucht. Man redete und spielte ein wenig mit den Kindern«, entgegnete Erl, ohne den Anwalt anzusehen. Er hielt seinen Blick starr auf Amelia geheftet.

»Über die Frau redete man auch«, sagte der Anwalt. »Sie sei eine Leichtlebige gewesen.«

Erl senkte den Blick zu Boden.

»Kann es sein, dass Sie eifersüchtig auf die Löter waren, Hans Erl?«, fragte Nischkauer.

Erl fixierte wieder Amelia; ohne einen Lidschlag sah er das Mädchen an, das die Puppe an seinen Bauch gepresst hielt.

»Hans Erl, viele Männer hatten Affären mit Martha Baumgartner. Waren Sie einer davon?«

In diesem Moment brach etwas in Erl auseinander. Er schlug mit der Faust auf den Zeugentisch und erhob sich.

»Bin ich der Angeklagte? Ich hab das Feuer gelöscht. Ich hab das Kind aufgenommen. Ich hab Rache geübt. Sie wollen mir nicht erzählen, dass Sie mich für einen Verdächtigen halten?«

Immer noch blickte er Amelia an, die aussah, als würde sie mit den Tränen kämpfen. Er setzte sich wieder und zog die Schultern hoch.

»Beruhigen Sie sich«, lenkte Nischkauer ein.

Erl schwieg beschämt, während Richter und Staatsanwalt ihm recht gaben; dann wurde er aus dem Zeugenstand entlassen.

Als Nächster wurde Simon befragt. Er hatte sich bereits vorbereitet, Martha und ihre Lebensumstände möglichst klar und wertfrei zu beschreiben, doch nun zitterte er, als er die Treppe hinaufstieg.

»Nun«, fragte der Richter, »was können Sie über Martha Baumgartner erzählen?«

Simon räusperte sich. »Martha Baumgartner …«, begann er und brach ab.

Er sah zu Hans Erl herab. Umständlich formulierte er schließlich, dass sie kein Kind von Traurigkeit gewesen sei.

»Was wollen Sie damit sagen?«, fragte Nischkauer.

»Also, man weiß nicht, woher ihre zwei weiteren Kinder stammten. Der Gatte war nach der Geburt der Theres Baumgartner nämlich bei einem Lawinenunfall verstorben.«

»Darum halten Sie sie für eine Hexe?«, zischte Ganner, doch

Nischkauer bat ihn, Ruhe zu geben. Kratters gestrenger Blick tat neben dieser Mahnung sein Übriges. Ganner zog sich zurück.

»Aber«, fuhr Simon fort, »die Baumgartnerin war immer gut und liebevoll gegen Bekannte und Fremde und tat brav ihre Arbeit.«

»Sie war also sonst nicht weiter auffällig?«

Simon schluckte. »Nein.«

Im Anschluss beschrieb er das unflätige und rüde Verhalten der beiden Angeklagten in Stumm vor der Tat.

»Gelacht haben s' über mich, als ich auf dem Weg in die Messe war und ein wenig schwitzte unterm Talar«, sagte er.

»Tatsächlich?« Nischkauer verkniff sich ein Schmunzeln.

»Ja!«, entrüstete sich Simon.

»Und sonst?«

»Na ja, sie klopften überall an und baten um eine Stiche Brot. Dabei hatten sie ja nix in den Händen. Keiner hat sie eingelassen. Nur die Hexe –«

Nischkauer unterbrach den Priester. »Sie meinen Martha Baumgartner?«

Simon senkte die Augen und biss sich auf die Lippen. Nun war es doch aus ihm herausgekommen.

»Idiot«, wisperte Erl.

»Warum? Ich dachte, ein Idiot ist nur der Sepp?«, sagte Amelia und sah ihn mit müden Augen an.

Hans Erl legte ihr verzerrt lächelnd die Hand auf den Mund. »Schweig, mein Kind«, bat er.

Simon rang nach Worten. »Verzeihen Sie. Die Verstorbene, Gott hab sie selig, hatte wohl Mitleid mit den Burschen«, sagte er, während er rot anlief.

Nischkauer nickte. »Wie haben Sie selbst die beiden Fremden noch erlebt?«

Simon war erleichtert über die weitere Frage. »Sie baten zunächst um eine Herberge im Hause Gottes, die ich ihnen aber verweigerte.«

»Warum?«

»Wir haben damit schlechte Erfahrungen gemacht.«
»Das ist aber nicht sehr christlich.«
»Aug um Aug, Zahn um Zahn!«
Nischkauer drang nicht weiter in ihn. »Ist Ihnen sonst noch etwas Wichtiges am Verhalten der beiden aufgefallen?«
Simon schüttelte den Kopf.
»So entlasse ich Sie, Priester Simon Geistritz, wieder aus dem Zeugenstand.«

Die Angeklagten

Später

Nun wurden die beiden Angeklagten gerufen, um erneut verhört zu werden. Die beiden sahen, wie Erl fand, entsetzlich heruntergekommen aus. Die Zeit im Gefängnis schien ihr Übriges getan zu haben. Haas hing das Haar ins Gesicht, fettig und strähnig, es hatte seinen Glanz verloren. Von Fuchsens feister Erscheinung war kaum noch etwas übrig, und es schien, als wären die beiden um Jahre gealtert. Zuerst war Fuchs an der Reihe, zu reden. Er gestand schließlich, dass er das Tuch Martha entwendet habe, dies jedoch nichts beweise.

»Warum sind Sie an jenem Abend, an dem die Tat verübt wurde, dann weggelaufen, wenn Sie sich doch für unschuldig erklären?«, wollte Nischkauer wissen.

»Aus Angst, für schuldig gehalten zu werden«, sagte Fuchs kleinlaut.

Die Feder kratzte auf dem Papier, der Kopf des Schreibers nickte im Takt, in dem er notierte.

»Da war Blut an Ihrer Kleidung«, sagte Richter Nischkauer.

Ja, sie hätten Blut an der Kleidung gehabt, so bestätigte der feiste Kerl, der vor Kurzem noch ausgesehen hatte wie ein Knabe.

»Er hat recht!«, ereiferte sich Alois Haas.

Sie hätten versucht zu helfen, aber alle seien schon tot gewesen. So sei das Blut an ihre Kleidung gekommen.

»Also waren Sie vor Ort?«, versuchte es der Richter erneut.

Stille.

»Ich habe Sie gefragt, ob Sie vor Ort waren!«, wiederholte der Richter.

Die beiden Kerle antworteten nicht. Auf einmal hub Haas mit bebender Stimme an, zu sprechen.

»Ich bin schuldig«, sagte er.

Fuchs drehte verwundert den Kopf und sah ihn mit zitternder Unterlippe an. »Was redest du?«, stieß er aus.

»Das sind ja ganz neue Töne!« Nischkauer zog eine Augenbraue in die Höhe.

Die wenigen Menschen, die im Raum saßen, darunter Erl, Simon und die kleine Amelia, schwiegen erstaunt.

»Sieh einer an!«, wisperte Simon in Erls Ohr. Dieser wagte kaum zu atmen. Ganner ließ den Kopf sinken. Kratter nickte.

»Schreiben Sie mit«, befahl der Richter mit einem Blick auf den Schriftführer.

Der Schreiber notierte fleißig.

»Ich war der, der das Pinzgermesser gestohlen hat«, flüsterte der ausgemergelte junge Mann.

»Das war klar«, sagte Kratter, der sich die Augen rieb. »Aber der Mord?«

Haas schluckte schwer, und dann brach es zitternd aus ihm heraus: »Und das Tuch von der Martha – also, es war eine Art Trophäe … Ich hab's ihr entwendet … und …« Er geriet bebend ins Stocken.

»Nun«, fuhr Kratter fort, »erzählen Sie uns vom Tathergang.«

Fuchs saß mit hochgezogenen Schultern und starrem Blick da. »Ich habe die drei mit dem Schürhaken erschlagen«, sagte er mit einem Mal tonlos. Nischkauer nickte.

»Schildern Sie dies genauer!«

»Zuerst habe ich versucht, Martha zu würgen, doch es hat nicht funktioniert. Also griff ich nach dem Schürhaken. Damit habe ich die drei Frauen erschlagen«, fuhr er fort.

»Und das Messer, das hab ich in der Tasche gehabt. Hatte es davor schon gestohlen. Da muss wohl etwas Blut drangekommen sein«, fügte Haas matt hinzu.

Ganner senkte den Blick und biss sich auf die Lippen. Das klang doch erfunden, dachte er. Dennoch, es war zu spät. Er wollte keinen Kampf mehr beginnen, in ihm war jegliche Kraft ausgelöscht.

»Und dann?«, drang Nischkauer weiter in die Gestehenden ein.

»Dann schleuderte ich den Säugling mit dem Kopf direkt gegen die Wand. Anschließend hieb ich auch auf ihn ein, mit dem Schürhaken. Ich habe mir die Leichen angesehen und bin dann im Angesicht der Leichen und nach einem Schnaps ins Zimmer gegangen. Und da war das Mädchen versteckt«, sagte Fuchs leise.

»Amelia?«, fragte Nischkauer.

»Ja. Sie hatte sich dort versteckt, ist jedoch dann geflüchtet. Aus dem Fenster.«

Es herrschte Stille. Dann richtete Fuchs seinen Oberkörper auf. Seine Stimme war gefasst und klar, als er sprach. »Ja. Ich hab den Mord begangen. Alleine. Danach habe ich alles angezündet.« Das Gesicht des ehemals feisten Knaben fiel in sich zusammen.

»Spinnst du?«, zischte Haas ihn an. Dann stand er auf. »Wir waren zu zweit!«, schrie er.

»Setzen Sie sich!«, rief einer der Beamten und wollte schon mit dem Knüppel auf ihn losgehen, doch Ganner hielt ihn zurück.

»Wir waren es gemeinsam!«, wiederholte Haas flehentlich.

Fuchs ließ den Kopf sinken.

Keiner sah, wie Hans Erls Augen feucht wurden, während Simon siegessicher grinste.

»Und jetzt noch einmal von Anfang an«, bestimmte Nischkauer.

Haas holte tief Luft und sprach, fast tonlos: »Wir sind zum Baumgartnerhaus gegangen. Haben Herberge gesucht. Martha hat uns die Tür geöffnet.«

Der Richter spielte mit seinen Fingern, ein Anflug von Nervosität vielleicht. »Wie begegnete Ihnen die Frau?«, fragte er.

»Sie war freundlich. Wir haben Bier getrunken und Karten gespielt«, sagte Haas.

»Und dann?«

Der große, hagere Mann schluckte. »Danach haben wir die Familie getötet.«

Stille.

»Dann«, fuhr Fuchs fort, »haben wir die Leichen auf einen Holzstoß gelegt und angezündet.«

»Warum?«

»Damit ein Ende mit allem sei«, sagte Haas und wischte sich über die Augen. Dann begann er herzzerreißend zu weinen.

»Nein, ich meine, warum haben Sie die Tat verübt?«

»Wir wollten sie ausrauben! Doch als wir sie so tot liegen sahen, da bekamen wir es mit der Angst zu tun! Und sind dann einfach weggelaufen.«

Nischkauer sah ihn an. »Aber das Tuch und das Messer haben Sie genommen?«

Die beiden Kerle schwiegen. Fuchs begann schließlich zu wimmern.

Stille. Der Richter schien sich nicht sicher zu sein, ob er den beiden glauben sollte. Doch er wirkte erschöpft.

Man beschloss zu pausieren. Die Luft stand. Ein jeder war müde.

Das stimmte hinten und vorne nicht, dachte Ganner, nein, nein. Zuerst stritt der eine ab, dass sie zu zweit gewesen seien, und dann das. Noch einmal keimte für einen Moment Hoffnung in ihm auf.

Kaum waren sie von der Tribüne gegangen, nahm er die Burschen zur Seite.

»Seid ihr sicher, dass wir das so notieren sollen?«, fragte er und sah die beiden eindringlich an.

»Ja«, sagte Fuchs leise.

Haas schwieg. Sein Blick hatte sich verhärtet. Seine Lippen waren zu einem Strich zusammengezogen.

Ganner aber wollte nicht lockerlassen. Nochmals darauf angesprochen, gaben die beiden jedoch wiederum mit einem leisen Ja zu verstehen, dass sie die Tat so begangen hätten, wie die Sachverständigen diese hergeleitet hatten, und wichen somit von ihrer ursprünglichen Aussage ab.

Ganner seufzte. Der Tag war zu lang. Die Uhr tickte. Kratters Blick schnitt. Es half nichts, sie mussten rasch zu einem Ende kommen. Wieder überfiel ihn unendliche Müdigkeit. Man zog sich zurück, um zu beratschlagen.

Als der Richter, die Sachverständigen und der Gerichtsvollzieher ihre Pause beendet hatten, verhörte man die beiden Burschen jeweils noch einmal einzeln. In einer kurzen Befragung sprachen Fuchs und Haas nun ein jeder für sich über den Tathergang.

Haas' Geständnis, fiel Ganner sofort auf, wich an einigen Stellen vom Geständnis des Fuchs ab. Diese Tatsache schien jedoch nur er zu bemerken, der seinerseits klug genug war, nicht darüber zu sprechen. Der Rest der Menschen war zu müde, oder aber man war es leid, sich noch länger mit dem Fall zu befassen.

Doch irgendetwas schien nun Nischkauer noch nicht zu gefallen.

»Ich rufe das Kind noch einmal in den Zeugenstand!«, sagte er plötzlich.

Erl rang nach Atem. Amelia lag im Halbschlaf auf seinen Knien.

Da näherte sich ihm rasch ein Beamter, der auch müde zu sein schien, Amelia wurde ihm entrissen und erneut auf den übergroßen Stuhl im Zeugenstand gesetzt.

Sie rieb sich die Augen. »Anna!«, wisperte sie, aber niemand schien es zu hören.

Nun prasselte wieder ein schier unglaubliches Gewirr aus Worten auf sie ein. Fragen über Fragen. Amelia schaute nur verängstigt drein. Und schwieg.

Man hätte im Gerichtssaal eine Stecknadel fallen hören können. Alle Aufmerksamkeit lag auf den Lippen des kleinen Mädchens. Hans Erl verlor schließlich die Geduld.

»Sag doch, dass sie es waren!«, schrie er laut.

Es wurde um Ruhe gebeten, aber er konnte sich nicht mehr beherrschen.

»Sag es!«, rief er. »Sag es!«

Einer der Beamten näherte sich ihm und wollte ihn schon des Saales verweisen, da ließ sich das Mädchen vernehmen.

»Ja!«, sagte Amelia.

Alle blickten sie an. Der Richter fragte nach: »Was meinst du mit ›Ja‹, mein Kind?«

Keine Antwort.

Nun mischte Simon sich ein. »Na, dass diese beiden Herumtreiber ihre Familie ermordet haben, das meint sie! Nicht wahr, Amelia? Sie waren's, sag es.«

Amelia nickte verängstigt.

»Nun ist der Fall klar.« Nischkauer nickte mit roten Augen.

Nichts war klar, das wusste Ganner insgeheim. Denn beide Geständnisse wichen nach wie vor nicht nur voneinander ab, sondern auch von den Tatsachen, die die Sachverständigen gefunden und ausgewertet hatten.

Statt etwas zu sagen, knackte er jedoch bloß mit den Fingern und seufzte. Er war es leid, noch einmal Partei für die Knaben zu ergreifen.

»Nun«, sagte der Richter und blickte von einem zum anderen und letztendlich auch zur kleinen Amelia.

Dann fuhr er mit dem Urteilsspruch fort:

»Alois Haas, Georg Fuchs, ich verurteile Sie hiermit wegen meuchlerischem Raubmord, Brandlegung, Diebstahl, Landstreicherei und Bettelei zu lebenslanger Haft.«

Stille herrschte im Raum. Dann schnellte der Hammer auf den Tisch.

Amelias Opfer

Danach

Als Erl aufwacht, beschleicht ihn ein ungutes Gefühl. Amelia, denkt er, Amelia.

Der alte Mann steht auf, das Bett knarrt, draußen leuchtet der Mond wie eine Spukgestalt. Erl bewegt sich rasch durchs Haus, dennoch vorsichtig, denn es könnte sein, dass sie doch noch schläft und er sie aufweckt. Nein: Amelias Zimmer ist leer. Er schaudert. Eilig schlüpft er aus seinem Morgenrock, streift Hemd und Hose über. Seine Finger zittern, sein Atem geht stoßweise. Er rennt die Treppen hinunter, hastet am Stadl vorbei, hin zum Stall.

»Dietrich«, sagt Erl abwesend, während er den Rappen schirrt, sich auf den Rücken des treuen Tieres zieht und ihm die Sporen gibt. »Beeile dich«, flüstert er. »Flieg wie der Wind.«

Immer ist stummes Einverständnis zwischen ihm und Amelia gewesen. Darum weiß er auch, wohin sie unterwegs ist, weiß, was sie sich zum Ziel gesetzt hat. In seiner Brust brennt es. Er treibt das Pferd an. Hin und wieder peitscht ihm Gestrüpp ins Gesicht, ein Blatt, ein Ast, doch das ist ihm egal. Es gilt, einen Tod zu verhindern. Den weiteren Tod eines unschuldigen Menschen. Es darf nicht sein, dass auch Amelia so ein grausames Ende ereilt.

Die Hufe des Pferdes trampeln zarte Blumen nieder; Erl lenkt es über die Wiese, hinauf zum Hof.

»Wie damals«, murmelt er.

Und er erinnert sich: Wie er an jenem Abend hinaufgegangen ist, seine geliebte Martha zu treffen. Die, die so anders war als Anna. Körperlich, sinnlich, blond und hell. Geheimnisvoll auch, irgendwie. Eine Hexe. Das war sie doch, oder? Hatte so viele Kinder von unterschiedlichen Männern. Und sie hat stets mit ihnen gespielt wie ein Zauberweib. Ja, sie war böse! Während Anna eine Heilerin war. Dennoch: Er hat sie beide geliebt, weiß er, und in seinem Herzen zieht es. Er vermeint, die Reste des Baumgartnerhauses vor sich zu sehen: Es steht noch, ganz bestimmt. Alles ist wie damals, denkt er. Er hat noch einmal eine zweite Chance. Das Licht brennt, die Löter sind zu Besuch, er wird sie freundlich hinausbitten, wird mit Martha schlafen, sie in den Schlaf wiegen, denn darum geht es im Leben doch, dass einen hin und wieder jemand wiegt. Oder?

»Amelia«, ruft er in den Wind hinein. »Amelia!«

Stille. Keine Antwort.

Noch einmal entfährt es ihm, diesmal kippt die Stimme ein wenig: »Amelia!«

Gleich, denkt er, hat er die Anhöhe erreicht. Gleich ist er bei seiner Vergangenheit angekommen. Gleich wird er die Gelegenheit haben, alles wiedergutzumachen.

Oder?

Indes ist Karl Grabensberger ebenfalls aufgebrochen. Er ahnt, dass etwas mit Amelia nicht stimmen kann. Zunächst versucht er, sich zu beruhigen, während er den Waldweg entlangfährt. Doch es hilft nicht. In diesem Augenblick merkt er, dass er die blonde besondere Frau lieb gewonnen hat. Mit raschen Schritten steigt er aus der Kutsche und pocht gegen die Haustür des alten Hofes. Stille. Nur ein Käuzchen ruft. Das Mondlicht kriecht wie ein Schatten über den Himmel. Grabensberger lauscht, hofft auf Schritte, auf ein vertrautes Gesicht, das ihm die Tür öffnet und ihn freundlich ansieht, sodass er erleichtert sein kann. Aber nichts regt sich, kein Geräusch ist zu hören.

Noch einmal pocht er gegen die Tür. Doch da ist nur das Rauschen der Bäume im Wind, der plötzlich peitschend durch den Vorderhof dringt. Grabensberger schwankt ein wenig, als er sich umdreht und eine Runde um das Haus macht. Er stapft an den Holzwänden vorbei, versucht, Licht zu erspähen: Ob es nicht doch durch irgendeine Ritze des Fensters dringt? Nein, da ist nichts. Kein Funken Helligkeit, der ihn beruhigen könnte. Er stockt, legt den Kopf in den Nacken und denkt nach. Ihm fällt auf, dass hier in dem kleinen Bergdorf Stumm, anders als in der Stadt, die Lichter der Sterne klar und deutlich zu erkennen sind.

Eine Brise weht ihm das Haar aus der Stirn. Er nestelt in der Rocktasche nach einer Zigarre, fischt sie heraus und zündet sie an. Meist braucht er etwas in den Händen, um denken zu können. Einen Stift, ein gutes Glas Wein oder eben eine Zigarre. Er pafft Rauch aus. Ja, das tut gut. Nun sieht er alles klarer.

Es gibt nicht viele Möglichkeiten, sagt er sich, geht durch den Hof und betrachtet gedankenverloren die Bäume und Sträucher, den kleinen Brunnen am Rande des Tores, während er kalkuliert. Entweder ist Amelia in ihrem Bett und schläft. Dann besteht kein Grund zur Besorgnis, und Grabensberger könnte einfach nach Hause fahren und sich entspannen. Oder aber genau umgekehrt: Sie ist in ihrer Verzweiflung fortgelaufen, möglicherweise gefolgt von Hans Erl. Bloß: wohin? Welchen Ort, fragt Grabensberger sich, würde sie wohl angesichts der Tatsachen am ehesten aufsuchen?

Natürlich, denkt er, nur zu den Wurzeln könnte sie zurückgehen. Er erinnert sich, wie Amelia ihm die Szenerie ihres letzten Traumes geschildert hat, das Feuer, den Nachthimmel, das Haus ihrer Kindheit. Er nickt und fühlt sich innerlich in seinem Verdacht bestätigt. Das ist es. Es gibt nur eine einzige Möglichkeit, nur einen einzigen Ort, den diese Frau jetzt aufsuchen könnte!

Er pafft Rauch aus, lässt Asche auf die feuchte Erde rieseln und nickt erneut. Das abgebrannte Haus muss etwa eine halbe Stunde Fußweg durch den Wald von hier entfernt liegen.

Grabensberger verlässt den Hof und biegt mit raschen Schritten in den Wald ein.

Der Mord

Früher und danach

Nun erinnert Erl sich. Der Abend, an dem Martha gestorben ist, zieht an seinem inneren Auge vorbei:

Als er kam, seine Geliebte zu besuchen, wurde er Zeuge einer seltsamen Szenerie. Martha saß mit leicht aufgeknöpfter Bluse am Tisch in der Stube und sprach eingehend mit Fuchs und Haas, zwei Lötern, die auf dem Weg durchs Dorf waren, wie Erl wusste. Sie gab dem einen ihr Kopftuch und zwinkerte ihm dabei liebevoll zu. Dieser spielte indes mit einem Messer, wohl um ihr zu imponieren, und schnitzte ein Gesicht in ein Stückchen Holz, das er mit sich gebracht hatte. Zunächst schien es, als stiegen die beiden auf ihr Kokettieren ein. Sie kamen näher, begannen, Martha ein wenig an sich zu ziehen, zunächst der Große, Hagere, dann der Kleine, Feiste.

Doch in dem Moment, in dem Martha ihren Rock heben und sich entblößen wollte, stieß der kleine Fuchs sie grinsend von sich.

»Weib, was denkst du?«, sagte er. »Wir sind doch zu jung für dich.«

Erl sah, wie sich Marthas Züge verhärteten. Die leuchtenden blauen Augen verloren ihren Glanz, das Gesicht fiel, schien es, gleichsam in sich zusammen. Erl konnte gerade noch aus der Tür treten und hinter einen Verschlag springen, da sah er, wie Martha die zwei Kerle bat, nun zu gehen.

»Sei doch nicht so!«, lachte da der eine der beiden, doch Martha schien innerlich verletzt zu sein. Sie hob das Messer, das auf dem Tisch lag, und wandte es gegen die Löter.

»Verschwindet, bei meiner Ehre!«, sagte sie. Der Kleinere der beiden wollte sich ihr erneut nähern, doch da stach sie nach ihm, und er verletzte sich leicht am Finger. »Ab in die Scheune, gehts schlafen. Und seids froh, dass ich euch überhaupt dabehalt!« Da zogen die beiden Burschen murrend ab.

Erl wollte sich schon bemerkbar machen, doch in diesem Moment schien der Säugling durch die lauten Geräusche erwacht zu sein. Der kleine Max begann zu plärren. Erl trat hervor. Mein Sohn, er schreit!, durchfuhr es ihn. Es schien, als riefe der Kleine nach ihm: Vater, Vater! Erl folgte Martha, die wutentbrannt die Treppe hochraste, ihn jedoch nicht wahrnahm. Martha war schnell. Vom Treppenansatz konnte Erl sehen, wie sie in fiebrigem Wahn den gemeinsamen Sohn packte, ihn aus seinem Bettchen nahm und ihn fest durchschüttelte und zu würgen begann. In diesem Moment betrat ihre Mutter, die alte Johanna, den Raum.

Sie stieß ein Röcheln aus. »Was tust denn da?«, rief sie.

Erl wollte reagieren, hinauflaufen, doch er war wie eingefroren vor Schock.

Er sah, wie Martha die Alte grob beiseiteschob und den Säugling mit einer heftigen Wucht gegen die Wand schleuderte. Die Schreie verstummten, während Johanna mit einem lauten Poltern die Treppe herunterfiel, knapp neben Erl aufkam und mit dem Schädel am harten Boden aufschlug. Blut. Erl, einem Impuls folgend, ging in Deckung, sodass Martha ihn nicht erblickte. Diese lief ihrer Mutter nach, beugte sich hinab, schüttelte sie. Schüttelte den alten, ausgemergelten Körper. Vergebens. In diesem Moment schrie der Säugling erneut. Martha, außer sich, hastete die Treppe wieder hoch und begann, den Körper des Kindes gegen die Wand zu trümmern. Da befreite Erl sich aus seiner Starre und stürmte die Treppen hoch.

»Wie konntest du das tun? Das ist unser Kind!«, schrie er, riss einen Schürhaken von der Wand und stürzte sich auf Martha, die er auch sogleich niederrang.

»Lass mich!«, schrie Martha. »Was tust du hier, lass!«

Doch in Erl tobte es. »Du Hexe!«, schrie er.

»Lass mich!«, schrie sie wieder.

»Nein!«

Erl konnte keinen klaren Gedanken mehr fassen. Max war verstummt. Ihr gemeinsames Kind. Der einzige Sohn, den er je haben würde. Mit dem Schürhaken hieb er auf das Weib ein, bis eine Kopfwunde aufplatzte.

»Hör auf!«, brüllte Martha und wand sich unter Schmerzen.

Erl empfand nichts. Es galt, sein Kind zu rächen. Das war alles, was in diesem Moment zählte. In blinder Wut hämmerte er auf Martha ein. Es war, als wäre ein fremdes Wesen in ihn hineingeschlüpft. Ein Dämon vielleicht oder eine der Perchten. Erl schlug zu. Und wieder, wieder.

Längst war Martha zu Boden gesunken. Längst waren ihre Worte einem Weinen gewichen. Erl hörte nicht auf, auf sie einzuschlagen. Dann würgte er sie, genau so, wie sie ihren gemeinsamen Sohn gewürgt hatte – bis schließlich auch das letzte Wimmern verstummt war.

Wie viel Zeit mochte vergangen sein? Er wusste es nicht.

»Hans!«, ertönte es da vom Eingang her.

Als Erl schwer atmend den paralysierten Blick zur Seite wandte, sah er Theres, Marthas ältere Tochter, im Türrahmen stehen. Aufgelöst, starr stand sie da. Das Haar hing ihr in hellen Strähnen ins Gesicht.

»Was ist geschehen?«, rief sie. »Warum liegt Mutter da auf dem Boden? Und Großmutter, sie muss die Treppe hinabgestürzt sein! Hans, was ist nur geschehen?«

Erl überlegte nicht. Er spürte den Schürhaken in seiner Hand. Er sah das Mädchen an.

»Hans!«, stotterte Theres noch einmal, in einem Tonfall, der irgendwo zwischen Beschwichtigung und Entsetzen lag, während sie zurückwich. »Hans!«

Doch Erl war nicht mehr Erl. Die Percht in ihm hatte zu wüten begonnen. Mit einem Schrei hob er den Schürhaken und stürzte sich auf das Mädchen.

Dieser Mord ging leichter von der Hand als der erste. Es war, als hätte er eine Schwelle übertreten. Oder war es die Percht, die eine Schwelle übertreten hatte? Wir wissen es nicht. Das Töten, einmal begonnen, entwickelt ein Eigenleben. Erl zertrümmerte Theres' Schädeldecke, wie er Marthas Schädeldecke zertrümmert hatte. Die Intensität der Schreie kannte er bereits. Er hörte nichts mehr. Auch dieser Körper sank irgendwann gegen die Wand. Aber noch war es nicht genug. In Rage hieb er nun mit dem Schürhaken auf die Körper aller Toten ein. Er konnte nicht mehr an sich halten. Er wütete und tobte dermaßen, dass seine Wollweste sich dabei von seinem Körper löste. Doch das nahm er nicht wahr. Nichts nahm er mehr wahr. Erst nach einiger Zeit war er müde. Erl atmete tief ein und aus. Dann ließ er erschöpft den Schürhaken sinken.

Wieder die Nacht

Später

Endlich war es vorbei, dachte Amelia, während sie Hans Erl betrachtete. Er lag neben ihr im Bett, schlief, schnarchte leise. Amelia klappte die Augen auf und zu. Sie dachte über die Verhandlung nach. Die großen Männer waren ihr alle ein wenig wie die Perchten erschienen, von denen die Großmutter so gern in ihren Gutenachtgeschichten erzählt hatte. Ein Märchen hatte Amelia immer besonders gerne gehört. Am Dreikönigsabend nämlich, so die Großmutter, geschehe es stets, dass eine Percht durch das Dorf schlich und übers Weben und Spinnen sang. So wisperte die Percht angeblich, man solle fleißig sein und schnell wie der Wind, denn morgen sei ohnehin alles dahin. Ja, und darum arbeiteten alle, wusste Amelia Bescheid, sie kochten und werkten, und es gab dann die Krapfen! »Percht'nkrapfen«, hatte die Großmutter immer gesagt. Diese wurden auch stets von der Großmutter vors Haus gestellt, um die wütenden Wesen zu beruhigen. Eine hungrige Percht war nämlich eine noch viel grässlichere! Wenn sie aber satt war, so schritt sie froh übers Flachsfeld, und der Flachs konnte im kommenden Sommer gut geraten, und man konnte einen besonders schönen, feinen Zwirn spinnen, erzählte die Großmutter. Amelia lag da, still, wach, und sie dachte nach, während sie Hans Erl beobachtete.

»Du bist mein Engel«, hatte er nach der Verhandlung zu ihr gesagt.

»Ja«, hatte sie einfach geantwortet.

Und nun war Amelia es tatsächlich. Ein Schutzengel. Sie wollte Hans vor diesen garstigen Männern beschützen, die so komische Hüte auf dem Kopfe trugen und sich so wichtig nahmen. Ob ihr das gelingen würde? Sie seufzte. Ließ die Puppe über Erls Körper wandern, sanft, hörte auf seinen Atemzug, hoffte, dass die Gleichmäßigkeit niemals nachlassen würde.

Alles Hässliche war in die Ferne gerückt: das Brennen, der Ruß, die Angst, die Bilder, die ihr den Kopf verrenkt hatten die letzten Monate. Auch die Mutter, dachte Amelia, würde sie bestimmt irgendwann einmal vergessen haben. Nun galt es nur noch, dass Hans Erl hier war.

Amelia war nie zuvor einem Mann so nahe gewesen. Sie betrachtete die breiten Hände, die große Nase, lauschte seinem Schnarchen. Hin und wieder zupfte sie ein wenig an der Decke. Kurz musste sie an die Mutter denken, an die Schlaflieder, die sie gesungen hatte. Und an die Hände der Großmutter. Und an das Geplärr des kleinen Max. An den sanften Gesang der Schwester. Doch das war weg. Weit weg. Ein ferner Traum, den sie in der Asche auf dem Berg zurückgelassen hatte.

Irgendwann kuschelte sie sich an Hans Erl und schlief ein.

Abschied von vermeintlichen Mördern

Später

So ging alles schnell. Die Ereignisse übereilten einander nahezu.

Simon, Erl und Amelia schliefen noch eine Nacht in ihrem Hotel, doch die Angst war verschwunden.

Der Urteilsspruch zu lebenslanger Haft für Fuchs und Haas wurde am nächsten Tag im Gerichtssaal verlautbart.

Simon seufzte zufrieden. »Danket dem Herrn für seine Weisheit!«, rief er aus.

Erl indes konnte nicht aufhören, die kleine Amelia zu drücken und zu tätscheln.

Fuchs wurde kreidebleich und begann zu wimmern, während sich in Haas' lang gezogenem hageren Gesicht keine Emotion abzuzeichnen schien.

»War alles richtig?«, wisperte Amelia Hans Erl zu.

Dieser nickte. »Ja, Mädchen.«

Amelia lächelte. »Fahren wir nun zu Anna, trinken Milch und singen ›Still, still, still‹?«

»Ja, mein Mädchen, das tun wir. Zur Feier des Tages, stell dir vor, kriegst du einen Riesenkrapfen in der Konditorei!«

Amelia sah ihn ungläubig an. »Ja?«

»Ja.« Hans Erl nickte. »Und Simon wird auch einen essen, was?«, sagte er vergnügt und stieß dem Dorfpriester fröhlich in die Seite. Dieser zuckte kurz zurück, lächelte aber dann.

»Nun gut«, meinte er. »Aber zuerst gehen wir mit dem Rest der Menge nach draußen. Ich will sehen, wie man die beiden Taugenichtse in den Kerker verfrachtet.«

»Was ist ein Kerker?«, wollte Amelia wissen.

Die Männer ignorierten sie und gingen durch den langen Gang hinaus, die Treppen hinab und ins Freie.

Auch als man sie drängte, nun die Leiter hinab in das Verlies zu steigen, reagierten die beiden Burschen unterschiedlich. Während Haas bleich wurde und sich setzen musste, schrie Fuchs laut und erschrocken auf. Dann jedoch herrschte Stille. Schließlich ein Knarren.

Die Luke öffnete sich.

»Hinab nun!«, sagte einer der Beamten ungehalten und hieb mit seinem Stock auf Fuchsens Schulter ein, der sich weigerte, an Erl und Simon vorbeizugehen.

Der Bauer lächelte eigentümlich befriedigt.

»Nun ist es endlich geschafft«, wisperte Erl der kleinen Amelia zu, die an seinem linken Bein hing und nervös von einem Fuß auf den anderen trat.

»Ich will zu Anna!«, hatte sie wieder zu quengeln begonnen.

»Bald, mein Kind, bald. Denk nur an den Krapfen«, versuchte Erl, sie zu beruhigen. Doch das Mädchen schien überreizt. Die lange Reise mochte wohl zu viel für sie gewesen sein.

Während die Gefangenen nun mittels Gewalt an ihnen vorbeigeführt wurden, funkelte Fuchsens Blick.

Simon bekreuzigte sich. »Lebt wohl, ihr Taugenichtse«, sagte er.

Vor Hans Erl angekommen, spie Fuchs verächtlich aus. Haas tat es ihm gleich. Doch was tat Erl? Er lachte. Lachte dem Burschen ins Gesicht.

»›Für immer‹ ist ein hartes Wort«, sagte er einfach.

Der Bursche schüttelte den Kopf mit dem blonden Haar, als würde er sich vor etwas ekeln, und wollte erneut ausspeien.

Doch der Beamte holte zum zweiten Mal den Prügel heraus und hieb damit auf dessen Schultern ein. »Ins Verlies mit euch!«, rief er.

Amelia stand nur reglos da. Mit aufgelöstem hellen Haar blickte sie den Fremden nach, ohne jede Regung im Gesicht. Daneben stand immer noch ein zufriedener Erl.

»Geschafft, was?«, meinte er wieder und klopfte dem Mädchen auf die Schultern.

Doch Amelia reagierte nicht. Sie war müde. Hatte sie doch des Nachts an seinem Bette wachen müssen.

»Nun geht es bald heim zu Anna«, fuhr Erl fort, »dann wird alles gut.«

»So sei es«, sprach Simon laut und bekreuzigte sich erneut.

Ganner kam noch einmal vorbei und sah die beiden Männer kurz an, während er ihnen zunickte. »Möge es stumm werden in Stumm.« Er grinste und zeigte bleckend seine Zähne, wie er es immer getan hatte.

»Ihr Wort in Gottes Ohr«, bestätigte Simon. »Möge Stille einkehren!«

»Still, still, still, weil 's Kindlein schlafen will!«, sang Amelia da.

Erls Feuer

Danach

Mit einem Mal erinnert sich Erl wieder: Als der Mord geschehen war, hatte er den Hof aus dem Hinterhalt beobachtet und wie gelähmt dagekauert. Als es allmählich Morgen wurde, trug er mit ausdruckslosem Blick die Leichen zusammen, bildete im Erdgeschoss einen Haufen und schichtete die toten Leiber auf. Was für ein Gefühl hatte bloß in ihm gewütet? Dann setzte er sich vor die Körper und starrte lange ins Leere. Mit einem Mal fiel ihm das Messer auf, das Martha gegen die Löter gewendet hatte und das auf dem Küchentisch lag. Mechanisch steckte er es ein. Es war das Letzte, was ihm von ihr geblieben war. Erl fühlte, wie sein Atem ging. Ein. Aus. Was war nur passiert? Wo war Anna?

Es schien, als befände er sich in einem seltsamen Traum. Das Rauschen der Bäume war laut. Wie spät mochte es sein? Es kam ihm vor, als hätte er Fieber.

Lange saß er so da und stierte vor sich hin. Er bemerkte nicht einmal den Schatten des kleinen Mädchens, das an ihm vorbeihuschte. Es war Amelia, die nach ihrer Puppe suchte.

Erl zog die Beine an den Bauch und atmete tief ein und aus.

Dann entfachte er ein Feuer und lief, ohne sich umzublicken, davon.

Wieder nach Hause

Später

Als sie die Rückreise ins Zillertal antraten, war die Stimmung bestens.

Die Pferde bewegten sich rasch und beschwingt. Auch die kleine Amelia wirkte nun gelöster. Erl scherzte, Simon lachte. Die Sonne schien in den Wagen hinein.

»Erl«, rief Amelia aus, »erzähl mir eine Geschichte.«

Erl nahm ihre kleinen Hände in seine großen und dachte kurz nach.

»Ich weiß eine!«, rief da Simon dazwischen.

»Ja?«, fragte Amelia.

»Ja.« Simon nickte. »Kennst du den Kain und den Abel?«

Amelia schüttelte den Kopf.

»Nun, die beiden«, fuhr Simon fort, »lebten im Paradiese und waren glücklich. Eines Tages aber wurde Kain auf seinen Bruder eifersüchtig, und er erschlug ihn.«

»Ja?« Amelia klappte ungläubig ihre großen hellen Augen auf und zu.

»Simon!«, fuhr Erl aufgebracht dazwischen.

Simon schwieg.

»Erzähl weiter, erzähl!«, drängte jedoch Amelia.

Hans Erl verdrehte die Augen.

»Nun«, meinte Simon mit einem Seitenblick, den er dem Bauern zuwarf, »jedenfalls wollten die Engel daraufhin den Kain töten, denn sie liebten Abel sehr.«

Stille.

»Aber?«, drängte Amelia weiter.

»Aber«, sprach Simon und hob den Zeigefinger, »Gott ließ es nicht zu. Und weißt du, warum?«

Amelia sah ihn aus großen Augen an. »Warum?«

Stille.

»Nun sag schon«, murrte Erl und wischte sich über die Augen.

»Er wollte«, antwortete Simon mit Nachdruck in der Stimme, »dass Kain mit seiner Sünde lebe.«

»Die Geschichte hast du schon Hunderte Male erzählt«, brummelte Erl und hustete kurz auf.

Simon klopfte ihm auf den Rücken. »Alles in Ordnung?«, fragte er.

Erl nickte, doch seine Augen waren ein wenig rötlich unterlaufen. Vermutlich die Reise, dachte Simon. Auch für Hans war wohl alles zu viel gewesen.

»Was ist Sünde?«, fragte Amelia nach einer Weile.

Doch Simon war müde geworden. »Lass uns darüber ein andermal reden«, sagte er, und die drei blickten fortan schweigend aus dem Fenster der Kutsche.

Letzte Worte

Danach

Der Mond scheint, als Erl den Waldweg hinaufreitet. Während er den Weg zurücklegt, legt der alte Hans Erl im Geiste noch einmal sein ganzes Leben zurück. Frohe Kindheit, der Geruch von Kühen, die Hand des Vaters, die ihn schlug, das Erwachen der Sexualität dann, immer wieder Marthas helles Lächeln, über die Jahre hinweg, und dann Anna, für die er bestimmt war, die er zu lieben begann, doch nach und nach, anders, stiller. Dann der Bruch, die Leerstelle, der Moment, in dem er Amelia zu sich nahm, um ein neues Leben anzufangen, um wieder anzuknüpfen an die eigene Kindheit, seine Schuld abzuarbeiten. Es war gut, denkt er, es war doch gut, hätte er mehr tun können? Szenen aus dem Leben mit Amelia fallen ihm wieder ein, er erinnert sich, wie er mit ihr Krapfen aß, wie sie wuchs, ihr Haar dunkler wurde und die Formen runder, erinnerte sich an die Blicke der jungen Männer im Dorf, die sie alle ignorierte.

Erl kommt zu spät. Amelia hat bereits Schaum vor dem Mund, die Augen seltsam nach oben hin verdreht. Er hebt sie auf, setzt sich und bettet sie auf seine Knie.

»Amelia«, sagt Erl, »ich bin schuldig, aber ich hab sie nicht alle getötet. Die Löter haben mit der Martha kokettiert, doch dann wollten sie nicht. In ihrer Wut hat sie selbst den Max erschlagen und die Großmutter. Und ich, weil der Max mein Sohn war, dann sie. Und deine Schwester, weil sie's gesehen hat. Ich bin schuldig, aber den Max und die Johanna, die hab ich nicht auf dem Gewissen! Bloß Martha und Theres.«

Stille. Hört sie ihn noch? Oder haben die Tollkirschen schon ihre Wirkung getan? Anna war es, die ihr Pflanzenkunde beigebracht hat, erinnert er sich. Für einen kurzen Moment spürt er Wut auf die von ihm so sehr Geliebte.

»Amelia«, fährt er fort, »das Messer, das ich bei der Martha fand, das hab ich dann den Lötern untergejubelt, als ich sie zusammenschlug. Damit das Ganze aussieht, als wären sie's gewesen. Weil ich so Angst hatte. Und dann kam die Schuld. Darum hab ich dich großgezogen. Als Mahnmal solltest du immer da sein, dacht ich. Ja. Als Mahnmal. Für mein Vergehen.«

Was hilft es, dass Hans Erl gesteht? Und doch: Er muss es nun einfach loswerden, muss sein Herz vor dem geliebten Mädchen erleichtern. Er sieht die blonde Frau an, die im weißen Hemd auf seinen Knien liegt. Auch die Haut ist weiß. Wie ein schlafender Engel sieht sie aus, wären da nicht die verdrehten Augen, der Schaum vor dem Mund.

»Du wirst fragen, warum ich dir's nicht gleich erzählt hab«, murmelt Erl schließlich.

Wieder schweigt er kurz.

»Ich wollte dir die Mutter nicht zweimal nehmen«, flüstert er dann in den Wind, während er Amelia aufhebt, die zitternd zwischen den Gebäuderesten liegt, einen Speichelfaden im Mundwinkel. Hat sie ihn gehört?

Als Grabensberger am Gipfel angekommen ist, ist es bereits zu spät. Er kann eine gebückte Gestalt erkennen, einen Schemen, kaum mehr als einen Meter fünfzig groß. Sie hievt einen Körper in die Höhe, trägt ihn unter sichtlich größter Anstrengung zu dem Ross, das einige Schritte weiter an einen Strauch gebunden ist. Hans Erl, durchfährt es Grabensberger, als er näher kommt, und der Schock kriecht ihm in die Glieder: denn das Wesen, das er da in den Armen hält, ist Amelia.

Unfähig, sich auch nur einen Schritt weiterzubewegen, erstarrt Grabensberger. Der Mond steht voll am Himmel, eine glühende runde Scheibe, grausam in ihrer Schönheit und Leuchtkraft. Für einen Moment kommt er Grabensberger wie eine Hostie vor. Plötzlich bricht die Erinnerung über ihn herein. Wieder sieht er alles vor sich: das kleine Mädchen, die kräftige, gedrungene Bauerngestalt des damals noch jungen Hans Erl, die so wenig mit dem hageren, ausgemergelten Männchen zu tun hat, das hier in großer Anstrengung auf ein Pferd steigt; ihre Hände verkrampft ineinandergeschoben. Wie verknotet wirken die beiden im Bild seiner Erinnerung.

Und auf einmal ist alles wieder Gegenwart: die Gerichtsverhandlung, er als junger und unerfahrener Gerichtsschreiber, seine Feder, seine Zweifel an der Schuld der beiden draufgängerischen Löter, die zwar nicht unschuldig und brav waren, aber doch im Grunde kein richtiges Motiv gehabt hätten, und die Verzweiflung der vermeintlichen Mörder.

Karl Grabensberger begreift, dass seine Intuition ihn damals als junger Mann, der nur als Schreiber vor Gericht arbeitete, nicht getäuscht hat. Wer sonst als Erl kann die Baumgartners auf dem Gewissen haben? Was gibt es denn für einen anderen Grund, dass so ein grobschlächtiger Bauer ein kleines Mädchen wie dieses an Kindes statt aufnimmt? Es muss mit Schuld und Angst zu tun haben, das hat er sich schon damals als junger Mann gedacht. Denn nur aus Schuld oder Angst begehen Menschen Handlungen, die sich dem normalen Verständnis entziehen.

In Karl Grabensbergers Kopf rotieren die Bilder, sie schwappen über ihn, und ehe er es schafft, sich Hans Erl zuzuwenden, sprengt dessen Ross in raschem Galopp über die Wiese und verschwindet in der Dunkelheit des Dickichts.

Es dauert, bis Grabensberger die Kraft findet, zu weinen.

Neuanfang

Später

In Stumm ging das Leben weiter. Man schwieg über gewisse Dinge, man feierte, denn Menschen feiern, und wenn es keinen Grund zu feiern gibt, dann finden sie einen. So war es seit jeher.

Amelia und Erl spazierten gemeinsam durch die Menge, Menschen, Stimmengewirr, man sprach, ein jeder, wie ihm der Schnabel gewachsen war, alle durcheinander, die Stimmung war ausgelassen und heiter.

»Freust dich auf den Jahrmarkt?«, fragte Erl.

Amelia nickte und lächelte. Es war eines der wenigen Male, dass Erl sie lächeln sah. Vielleicht weil sie wusste, dass es wieder eine neue Puppe geben würde bei einer der Buden. Und dass er ihr eine Rose schießen würde. Und Krapfen kaufen.

Im Dorf hatte sich die Lage entspannt. Man war zufrieden, dass die Täter nun bestraft waren und ein jeder zu seinem Tagewerk zurückkehren konnte. Es beruhigte die Bewohner.

Darüber reden würde wohl niemand mehr. Denn das Tal war, wie es hieß: stumm, wenn es um die abgründigen Belange der Seele ging.

Nur der Dorfidiot wusste um die Verlogenheit des Zustandes. Er saß auf einem Vordach und ulkte herum, während Magdalena und Anna versuchten, ihn zum Herunterkommen zu bewegen.

Amelia indes, die mit Erl an Anna herantrat, winkte ihm und zwinkerte für einen Moment mit einem gewissen Leuchten in den Augen. Sepp hatte es gesehen. Er lachte.

In diesem Moment erschien – denn ein Dorfpriester darf nicht fehlen, wo es etwas zu feiern gilt – auch schon der hagere Simon mit dem schütteren Haarkranz, heute in seinem strahlendsten Talar. Er stieß zu einer Gruppe junger Männer hinzu, die würfelten und dabei derbe Witze rissen, und ermahnte sie zu ein wenig mehr Zurückhaltung, wie es Dorfpriester so tun.

Einige Jungs rauften sich, balgten am Boden. Dabei bekam einer eine blutige Nase. Die Mütter fuhren zeternd dazwischen, während Sepp wissend und fröhlich krähte: »Er war's, er war's!«, und in Richtung eines der kleinen Rabauken deutete. Keiner bemerkte, wie Hans Erl unmerklich aufatmete. Jedoch: Hatte Sepp vielleicht doch ihn gemeint? Denn Erl befand sich unmittelbar hinter dem besagten Jungen.

Er blickte zu Boden, dann sah er Amelia an, die seine Hand wie immer fest umklammert hielt.

»Kind«, sagte er. »Jetzt gehen wir, ich kauf dir Krapfen!«

Ob Sepp doch ihn gemeint hatte, dachte er noch einmal, als sie sich von der Meute entfernten. Aber er schob den Gedanken rasch wieder weg.

Es ging also alles seinen gewohnten Gang. Es schien, als wäre nie etwas vorgefallen. Die Stimmung war ausgelassen. Sogar Simon, dem sonst kaum je nach feiern zumute war, legte ein lockeres Verhalten an den Tag.

»Na«, meinte er und klopfte Erl auf die Schulter.

»Na«, gab der nur zurück, verschroben und in sich gekehrt, wie es so seine Art war.

Simon beugte sich für einen Moment zu Amelia hinunter. »Hat er dir schon eine Blume geschossen?«, fragte er.

Das Mädchen schüttelte den Kopf.

»Na, so was!«, meinte Simon. »Das ist aber nicht nett.«

»Aber einen Krapfen hab ich!«, sagte Amelia, und ihre Augen leuchteten ein wenig.

»Ja«, meinte Erl und lächelte. »Das müssen wir unbedingt der Anna erzählen. Und ihr auch einen mitbringen, was meinst du?«, fragte er.

»Ja!«, rief Amelia aus.

Hans Erl nickte ein wenig abwesend, während er Amelia,

die an seiner Hand hing, betrachtete. Simon, dem seine Zerstreutheit auffiel, schritt weiter.

Magdalena ging mit ihren drei Kindern an einem Ringelspiel vorbei, während Anton einen Becher mit Bier in der Hand hielt und den Mägden des Müllernagl nachsah. Die junge Resi indes kokettierte wieder mit dem roten Toni, der Franz saß ein wenig abseits, und die restliche Meute der Männer hatte es sich auf einer Holzbank vor einem Zelt gemütlich gemacht und trank auf das Leben. Seinen Schafen, dachte Simon, ging es im Großen und Ganzen gut. Vielleicht fehlte Maria, doch Simon hatte sich sagen lassen, dass man sie in der Anstalt gut behandelte. Der Dorfpriester bekreuzigte sich und schritt gedankenverloren weiter.

Später entfernten sich Amelia und Erl mit einem Krapfen – es war bereits der dritte, den Erl von seinem mühsam abgesparten Geld gekauft hatte – ein wenig vom Dorf und nahmen unter einem Baum Platz. Da saßen sie nun, ein kleiner, heller Körper und ein großer, dunkler. Von hinten mochten sie für einen Moment lang ausgesehen haben wie ein Engelchen und eine Percht.

»Freust dich schon auf den Fasching?«, fragte Erl.

Amelia nickte. »Aber noch mehr auf die Dreikönigszeit und aufs Perchtenspringen«, sagte sie.

»Siehst«, meinte Erl, »so geht alles weiter.«

Er erinnerte sich an die Ausübung dieses alten Brauchtums, die er weitaus öfter erlebt hatte als die kleine Amelia. Junge, lustige Burschen vermummten sich und sprangen über Felder und Äcker. Anna, wie auch alle anderen Frauen aus dem Tal, freute sich, wenn die Kerle über den Fleck sprangen, wo im Frühjahr der Flachs gesät wurde. Denn ein altes Sprüchl sagte: »Wie der Percht'nsprung am Haarfleck, so wächst das Haar.« Und mit Haar war freilich der Flachs gemeint.

»Der Flachs nämlich«, sagte Amelia, als würde sie Erls Gedanken lesen, »geratet durch mehr als nur durch Menschenhand.«

Erl betrachtete sie liebevoll. Ihm gefiel der neue besserwisserische Ton, den das Mädchen anschlug.

»Das hast du richtig erkannt!«, sagte er.

»Ja«, nickte das Mädchen.

Dieses »Ja« beruhigte Erl auf eine eigentümlich heilige Art und Weise. Er lächelte. Alles, dachte er, würde zu Dreikönig wieder sein wie immer. Schon begann er, sich die Zukunft auszumalen, die wie die Vergangenheit sein würde, nur eben ein wenig schöner, ein wenig besonders, denn er hatte jetzt ein Kind. Alles würde weitergehen, dachte Erl, und lächelnd beobachtete er das Mädchen, wie es das Papier löste und den Krapfen in den Mund nahm, ihn langsam zergehen ließ.

»Schmeckt es dir?«, fragte Erl.

Amelia nickte und hielt ihm ein wenig Krapfen hin, den er dankbar annahm.

Danach hing jeder seinen eigenen Gedanken nach. Sie saßen einfach nur da, und wieder vermeinte Erl, auch wenn es ihm kindisch erschien, den Engel des Friedens zu sehen, weit hinten, am Horizont, und es kam ihm vor, dass er mit einem Mal so stark war wie Anna. Und das hatte allein mit Amelia zu tun. Lange war es still zwischen den beiden. Schließlich sagte Erl:

»Ich werd gut für dich sein, mein Kind.«

Wer reitet so spät durch Nacht und Wind?

Danach

Es ist Nacht, immer noch. Oder schon wieder. Eine Nacht wie damals, als das Baumgartnerhaus brannte. Diesmal aber brennt es nur innen. In der Brust eines alten Mannes, der nicht weiß, wie ihm geschieht.

Erl hat die bewusstlose Amelia im Arm, die zu atmen aufhört. Seine Ziehtochter. Das Mädchen, das sein Leben bestimmt hat. Das er aufgenommen hat, bei sich, weil er seinen unehelichen Sohn Max auf so grausame Art und Weise davor verlieren musste. Erl erinnert sich: Zu Beginn hat er sich gezwungen, das Mädchen, das die Tochter von einem der Reisenden, mit denen die leichtlebige Martha geschlafen hatte, gewesen sein mag, zu lieben. Doch mit einem Mal ging es ganz leicht. Es war, als hätte das Kind sein Herz geöffnet. Und dies lag nicht nur daran, dass er seine Schuld abarbeiten wollte. Er war im Laufe seines Lebens in die Liebe zu Amelia hineingewachsen, genauso, wie er in die Liebe zu Anna hineingewachsen war, die man für ihn vorgesehen hatte, die er aber zu Beginn der Ehe gar nicht geliebt hatte. Was hätte Anna gesagt, hätte sie von seinem Mord gewusst?

Seltsam, denkt er, wie uns das Schicksal an bestimmte Menschen kettet.

Er gibt seinem Pferd die Sporen. Der Nachtwind peitscht ihm ins Gesicht. Fegt er Erls Gedanken weg? Seinen Schmerz? Wir wissen es nicht. Wir lassen ihn reiten. Lassen ihn am Horizont verschwinden, die tote Amelia im Arm, deren Leib halb hinabhängt von seinen Schenkeln. Eines jedoch wissen wir: Erl wird ausharren bis zum Ende. Denn immer trägt er den Satz Simons im Hinterkopf, den er sich nach der Gerichtsverhandlung so oft vorgesagt hat:

»Kain hat Abel erschlagen, doch Gott befahl den Engeln, ihn nicht zu töten. Er wollte, dass Kain mit seiner Schuld lebe.«

Es wird langsam Morgen, und Erl reitet nun schon seit einiger Zeit mit Amelia im Arm umher. Immer noch ist es still, als wüsste die Landschaft nichts von der Brutalität der Menschen. Hin und wieder singt ein Vogel. Den Bergen ist das Schicksal der beiden gleichgültig, wie es scheint. Erl wundert sich über die Ruhe, die sich in seinem Herzen ausgebreitet hat. Da fallen ihm wieder die vielen Nächte ein, in denen er Amelia mit einem der schönsten Wiegenlieder in den Schlaf gesungen hat.

»Still, still, still, weil 's Kindlein schlafen will«, singt Erl nun.

Während er singt, sieht er Anna, und dann zieht auch Marthas Gesicht vor seinem geistigen Auge vorbei. Es ist, als legten sich die Gesichter aller Menschen, die er geliebt hat, in Schichten übereinander. Die letzte Schicht bildet Amelia.

Langsam wird der alte Mann ruhig, so wie nur jemand ruhig sein kann, dem alles Schreckliche widerfahren ist, was er jemals ertragen konnte.

»Still, still, still, weil 's Kindlein schlafen will.«

Ob Amelia tatsächlich schon schläft? Oder ob sie noch wach ist? Hat sie ihn gehört? Atmet sie noch? Erl ist unsicher. Er betrachtet Amelias Brustkorb. Bald würde die letzte Verbindung zwischen ihrem Geist und ihrem Leib gelöst sein.

»Still, still, still«, singt er jedoch immer wieder, als gelte es das Leben.

Außer seiner zarten, leicht falschen Intonation ist nur noch das Getrappel des Pferdes zu hören. Hin und wieder fährt ein Windstoß durch die Bäume. Das ist alles.

So lassen wir Hans Erl ziehen, mit dem Wind, dem Rappen, der Zeit, und wenden unsere Aufmerksamkeit der Ruhe der Landschaft zu.

Für einen Moment verweilen wir bei der Gestalt, die geduckt durch die Büsche kriecht. Sie hat es gesehen. Hat gesehen, wie sie auch schon damals alles beobachten konnte, vor all den Jahren.

»Wer reitet so spät durch Nacht und Wind?«, murmelt Sepp, als er Erl mit seiner Tochter im Arm vorbeiziehen sieht. Doch da ist niemand, der hört, niemand außer den Pflanzen, den Bergen, und die Natur ist gütig, sie lässt mit sich machen und schweigt.

Das Tal ist, wie es heißt: stumm. Wenn nicht ein Idiot wie Sepp die Stimme erhebt. Hin und wieder.

»Es ist der Vater mit seinem Kind«, fährt Sepp fort und hält dann inne.

Er lauscht auf den Gesang des Windes, der durch die Bäume fährt.

»Er hält seine Amelia *wohl im Arm.«*

Sepp kichert ein wenig, kichert über das Schicksal der Menschen, die ihm nichts bedeuten, da sie ihn ausgestoßen haben. Er beobachtet die Szenerie des herannahenden Tages. Sepp kennt die Abläufe. Dennoch feiert er sie immer wieder aufs Neue.

»Er hält sie sicher. Er hält sie warm.«

Die ersten Hasen beginnen aus ihrem Bau zu kriechen. Ein heftigerer Wind kommt auf.

Sepp beschließt, sich wieder ins Dorf hinunter aufzumachen. Denn da gibt es neben einem alten Brunnen immer noch eine Pferdetränke, neben die er gern sein Haupt bettet. Dort fällt ihm immer wieder eine alte Geschichte aus der Bibel ein, von Jonas und dem Wal. Auch ihn hat das Leben wohl Tausende Male verschluckt und wieder ausgespuckt. Immer wieder wiederholt Sepp die magischen Worte, während er den Waldweg hinabwandert.

»Wer reitet so spät durch Nacht und Wind? Es ist der Vater mit seinem Kind.«

Der alte Erlkönig, denkt Sepp, wiegt seinen Oberkörper vor und zurück und widmet sich dann weiterhin den Strukturen der Steine und Gräser, die er mehr liebt als jede menschliche Seele.

In der Natur liegen Friede und Geborgenheit, die nur hin und wieder von den Menschen gestört werden, die wie lästige Würmer sind. Sie würden wieder verrotten, denkt Sepp. Und dann wäre alles gut. Lächelnd wiegt er seinen Körper weiter vor und zurück, lächelnd sieht er in die aufgehende Sonne. Was für ein wunderbarer Tag es doch ist!

Nachwort

Der »Raubmord von Stumm« erschütterte seinerzeit ganz Tirol. Tatsächlich wurden dafür zwei junge Burschen aus München verurteilt, an die die Figuren Alois Haas und Georg Fuchs angelehnt sind. Die Opfer waren zwei erwachsene Frauen, eine Heranwachsende und ein Kleinkind; eines der Kinder konnte entkommen. Sie sind ebenfalls Vorbilder für Figuren im Roman; die Figur Martha Baumgartner dagegen ist frei erfunden, ebenso wie die des Hans Erl und ihre jeweiligen Handlungen.

Zu dem Verbrechen gibt es Literatur, zum Beispiel
– Peter Rohregger: »Mord und Totschlag im alten Tirol 1819 bis 1919« und darin den Text »Stumm 1889. Mordorgie im Pinzgerwirtshaus«
– sowie den Text »Raubmord zu Stumm« aus dem Tiroler Landesarchiv, darin ein historischer Zeitungsartikel aus »Der Bote für Tirol und Vorarlberg«.

Aus beiden wurde teilweise zitiert.

Die kursiv gesetzten Textzitate Sepps entstammen dem Werk Goethes.

Die Sagenschilderungen lehnen sich an www.sagen.at an.

Sophie Reyer
111 WIENER ORTE UND IHRE LEGENDEN
Mit Fotografien von Johanna Uhrmann
Broschur, 240 Seiten
ISBN 978-3-7408-0674-3

Geschichte kann jederzeit erfahrbar gemacht werden, denn sie ist um uns herum, überall in der Stadt. Wien ist voller Orte, an denen schier Unglaubliches passiert ist. Dieses Buch führt Sie zu den Plätzen, die etwas zu erzählen haben. Kommen Sie mit auf einen Spaziergang der besonderen Art. Erfahren Sie die Geschichte von der Entstehung des Stephansdoms oder lesen Sie die Sage über die Namensgebung von Speising. Sie werden die Stadt aus einem ganz neuen Blickwinkel sehen.

»Ein toller Mix aus schönen, erfreulichen, aber auch traurigen Geschichten.« Vienna.at

www.emons-verlag.de